MPR出版物链码使用说明

本书中凡文字下方带有链码图标"========"的地方，均可通过"泛媒关联"的"扫一扫"功能，扫描链码获得对应的多媒体内容。您可以通过扫描下方的二维码下载"泛媒关联"APP

不知哪片云会下雨

Buzhi Napianyun Hui Xiayu

马红云 著

经典美文系列／悟澹 主编

中山大学出版社
·广州·

版权所有　翻印必究

图书出版编目（CIP）数据

不知哪片云会下雨/马红云著．—广州：中山大学出版社，2019.6
（经典美文系列/悟澹主编）
ISBN 978-7-306-06555-1

Ⅰ．①不… Ⅱ．①马… Ⅲ．①散文集－中国－当代 Ⅳ．① I267

中国版本图书馆 CIP 数据核字（2019）第 008590 号

出 版 人：	王天琪
策划编辑：	曾育林
责任编辑：	曾育林
封面设计：	亮堂设计工作室
装帧设计：	
责任校对：	杨雅丽
责任技编：	黄少伟
出版发行：	中山大学出版社
电　　话：	编辑部 020-84111996，84113349，84111997，84110779
	发行部　020-84111998，84111981，84111160
地　　址：	广州市新港西路 135 号
邮　　编：	510275　　传　真：020-84036565
网　　址：	http://www.zsup.com.cn　E-mail：zdcbs@mail.sysu.edu.cn
印 刷 者：	广州一龙印刷有限公司
规　　格：	880mm×1230mm　1/32　7.375 印张　180 千字
版次印次：	2019 年 6 月第 1 版　2019 年 6 月第 1 次印刷
定　　价：	40.00 元

如发现本书因印装质量影响阅读，请与出版社发行部联系调换

老马识途

(代序)

胡胜光

老马不是马,是人,是一个女人,而且这个姓马的女人其实并不老,尽管出生于20世纪50年代中期的她,屈指算来已跨进半百门槛,但初次见到她的人都不相信这会是她的真实年龄,而对她知根知底的人更清楚,她的性格、她的心态,更不像是"奔5"的人,心理年龄比实际年龄更为年轻,和年轻人相差无几,但绝对又没丝毫矫揉造作,半点扮靓的意思,因为她本质上就是一个率性而为的女人,一个不会演戏的女人,一个不懂扮酷扮靓扮什么角色的女人。她就是她,就是我认识、了解、熟悉的真实的她。

都说女人怕老,忌讳存在于字典里的"老"字,故知道市场行情或者说是善解人意的男人,都不会叫比自己年长的女人老张老李老王,以尽最大的可能来回避这个"老"字,可心态平和、性格开朗的她则不以为然,似乎从来就不害怕"老"字。相反,她写文章用的笔名就是老马,所以,认识她的人都众口一词地叫她老马,她

代序

都坦然接受,就是年岁比她大的人也这么亲切地喊她,她照样欣然应答,因为她明白,一个人老不老关键在心态,何况每个人都有老的一天,哪怕她长得再年轻,哪怕她十分怕老。她无怨无悔地接受"老马"这个简单的称呼。在崇尚青春时尚的今天,女人活到50岁,大多只剩下"无可奈何花落去"的感叹,生命的枝丫上已难见耀眼的硕果,在旁人的眼里往往是不屑一顾的、可有可无的一道风景,可老马客观上荣幸地成了例外,磨难不曾摧毁她,艰难不曾压倒她,在坎坎坷坷的岁月面前,她依然从容,依然年轻,依然美丽。

万事如意、心想事成,这只是人们的一种善良愿望,事实上不仅没有人能得到上帝的馈赠,而且烦恼如发丝一般纠缠不清,诚如有过岁月历练的人所说,生活就是由无数的烦恼串起的念珠,怎么也念不完。在一家媒体编副刊的老马自然也不可能没有烦恼,烦恼犹如空气,每个人都无法拒绝。喜欢看足球的我最欣赏的是进攻型的战术,感觉更刺激更夺人眼球,当然我也不反对防守的打法,在防守中打反击照样不失为一种有效的策略,可综观老马的人生轨迹,她当是一个不设防的女人,对家人、对同事、对朋友都敞开着心扉,在她宽容的眼睛里,大家都理所应当友好相处;在她追求文学艺术的眼睛里,人都应该是谦谦君子,知书达理,具有儒雅的风度,而不应该是钩心斗角、尔虞我诈。也许,正因为她的这种理想化的人生观和道德观,使得不"长刺"的她常常挨别人的刺,被刺得遍体鳞伤、鲜血淋漓。对此,有着常人一样情感的她也苦恼过、悲叹过,但觉得非常委屈的她很快就用"阿Q精神胜利法"化解了。

最难能可贵的是她对刺她的人，心中有数的也不骂，即便背后也不骂，尽管窝着一肚子火，因为她还没有学会怎么骂人。虽然她读过许多次梁实秋的《骂人的艺术》一书，知道怎么骂人，何者该骂，也明白骂人是发泄感情的方法，但想骂的时候就是张不了嘴，发不了声。《圣经》中耶稣劝诫世人说，当别人打你的左脸时，你再把右脸给他，老马就是把右脸给别人的人。给过一次了，给第二次又有什么关系呢？何况左脸和右脸的疼痛正好平衡，整个一张脸全给了，还有什么地方好下手呢？悲观的老马用乐观的态度来解决问题，用微笑来化解烦恼，这大概就是老马感悟成长和续写传奇的法宝。

在漫长的人生旅程中，每一个人的起点和终点都是十分明确的，但从起点到终点的轨迹却各不相同，在路途中各种景色的诱惑下，前进的方向会有所不同，有的人绕了许多圈子才走到终点，有的人在岔道上停留了许多时间才到达终点，而老马依旧是以她的速度、步伐，不偏不倚地走在自己认定的路线上，没有迷失心智，没有改变初衷，哪怕走得很艰难、很疲倦。这就是识途的老马，一条道走到底的老马。

老马没有回头，甚至没有瞥一眼旁边的岔道，默默地负重前行。

（作者系浙江省作家协会会员、散文作家。此文原载《南太湖》2006年第2期）

目录 Mulu

一 融情

可以遇见的悲哀：在对的时间里找不到爱与被爱的那个对的人，依然信誓旦旦爱着不被爱的人且坚守着初心，直至生命的终结！

002　差点被掩埋的一段家史
014　父亲是一管"枪膛"
022　家有宠儿半遮脸
037　满腹经纶著与书
043　一次别离　万般疼痛
046　爱上"丁莲芳"
050　我对这片土地依然深情

二 融心

纯粹文学的结果、无处不在的激情，化作文字的最终归宿，应该是与人分享，而不是堆积在书橱里，或存放在硬盘中自我陶醉。

056　有本事文学一辈子
061　在第三个岔路口顿悟
069　我生命中最青春的三年
074　一个人对一尊铁佛的观想
080　遇见生命中的缘
087　哦，端午心起嘉兴
091　一次不经意的美丽遇见
094　我在垂直的空间里看船
097　来不及年轻就老了
101　生命在大爱中轮回

目录 Mulu

三 融入

与他,仿佛一场"艳"遇,某个佛日,放生池边,融着水,冷着月,拉着二胡,两根弦上腾跳着的忧伤音符,在天空中久久飘荡……

106　魂魄二胡

113　《渔歌子》对湖州文人的诱惑

118　没有诱惑,哪来格局

121　唐朝的吴兴拿什么吸引你

124　你的"二拍"对我很重要

127　他对家乡的爱恋无处藏身

131　一个人对一座庭院的念想

135　追逐"中文之星"的代价

138　肚皮舞的诱惑

四 融色

每个人都在寻找与自己情趣接近的景色交融，问茶问到心痛，纯粹情有独钟；难道要让不懂茶的人守着"御舛"，望到山空水断茶枯种灭……

- 142 温山御舛的诱惑
- 147 从能喝的"古董"走心开始问茶
- 151 恋恋湿地意象
- 155 不得不说的三山岛
- 160 不矜持——哪藏得住宝物
- 163 我在坝上草原奔马
- 168 在"素写生活"民宿寻色
- 172 无人之境的天堂之巅
- 175 因为涧下美
- 179 那年的元宵节过得"烧包"
- 181 洪桥千张烟熏香
- 183 千年慈母状元包
- 185 秋风徐来焗白果

目录 Mulu

五 融化

本人对出书领域中的诡异有了免疫能力,有脱轨穿越时空之先觉,逐渐断念,只对出书拿稿费刮目相看,当下,真是个适合写大散文的年代。

190　从古镇老街破门而出
194　与碟神交的女人
198　我对这些微笑,对你也一样
200　三上"大书房"
203　青梅可嗅的"食堂"
207　厚道是书生的大美
210　文笔辣己最性情

后 记

216　阅读与写作是我前生今世的缘

一 / 融 情

可以遇见的悲哀:在对的时间里找不到爱与被爱的那个对的人,依然信誓旦旦爱着不被爱的人且坚守着初心,直至生命的终结!

差点被掩埋的一段家史

最后一次走进父母的家,是在 2016 年 12 月 28 日。那天,因房子即将被拆迁,我想去看最后一眼,然后搬回 30 多年前买的大书橱,那是我做姑娘时,花 100 元人民币(当年 3 个月工资),托朋友从安吉用拖拉机运来的木头书橱。

每当我看到这个大木头书橱,就会浮现出青春期文学追求的人和事以及买书、读书痴狂的情景。不仅仅只是念想、实用,还想再用它,继续书写痴狂和梦想。

即将离开父母老屋的那一刻,我心中碎碎念:人走尘埃,生命中最爱我的人和我最爱的人已羽化登仙,物早已失去了温度,挥一挥手,道声再见——生不带来、死不带去的东西。除了父母的老照片、有故事的木头书橱,我不想再带走任何触景伤情的旧物了。

父母一生简朴,来去无牵无挂,也真没留下啥值当的东西,连这屋子,也是我嫂子花钱买的。不想也罢,想想走过 65 年革命历程的老父亲,除了书和字帖,还是书和字帖,一生连一件像样的衣

一 融 情

服也没有(我给他买任何衣物都是要被批评的,他会将食指和中指交叉在一起,边弹我的额头边说:"真成问题,真成问题!"),更不要说值钱的家具了……

每当想起这些,瞬间泪崩。

车已发动,我最后一次回转身子,定神回望一眼父母晚年居住的老屋,心很空,虚到想说:"我很快就会来看你们的。生前,我已尽心尽力了,只是后悔没能挤出更多的时间好好陪伴你们,真的不是心的错!"

那刻才懂什么叫力不从心。父亲走时,我刚从不想呆的机关调到心心念念的纸媒不久,忙到爆!调到一个新单位,不干到极致仿佛有点对不起推荐我的人。每次去探望父亲,父亲总说:"我没事,你工作要紧,快上班去。"母亲走时,我被心仪的单位逼到了人生的边缘,累囧!每次去陪伴母亲,母亲总是默默无语,喝着她爱喝的鸡汤……

思绪正漫无边际地飘着,突然,帮忙整理旧物的发小阿松高声喊着,并跑下楼:"等等,我发现了一样东西,你们看看,是不是有用?"

我和老哥惊喜地凑过去看个究竟。

我一看就说:"这是母亲的笔迹,我拿去打字吧。"老哥确认后说:"是的,不是父亲的笔迹,你拿去好了,可充实写父亲的那篇文章。"我一阵欢喜。确实，那篇"非虚构"的文章正缺父母相爱的桥段。

阿松"立了一功"，抑或是他的仔细，抑或是他的不甘心，天都擦黑了，还不放过最后一堆旧物，于是便有了这意外收获。他始终觉得，在堆满书籍的屋子里，我们的两位文化老人应该会留下只言片语，或存档点家史。我因为脚踝骨折一年未愈，前几天又雪上加霜前倾扑地，膝盖严重受伤弯曲有碍，不能上下楼梯，无法好好整理父母的遗物。好在有老哥、嫂子认真整理，我心释然。

发小意外发现的是一本简易装订本，开头是母亲用圆珠笔写的，写到第五行，笔芯越来越淡，直至写完，便用铅笔接着写。

纸上记录的是母亲和父亲初次相遇、相识、相恋、结婚的回忆碎片。

母亲这样写道：

我与他（我们的父亲）相识，是在1950年的11月。当时我在海盐太平乡小，被抽调到官塘乡参加土改工作，搞的是调查统计。

1951年上半年，土改即将结束时，我的一位在海盐县人民政府工作的同学，突然打电话来问我："老马这人怎么样？"

具体说了什么，我不记得了，印象中只记得说了这样的话："他对人和气，人也老实。"

一 融 情

我回校后,他就经常给我写信、寄书,向我表白。我告诉他:"我家姊妹多,有三个妹妹、一个弟弟,我是老大,家庭负担很重。"

他对我说:"你的家就是我的家,我可以帮你分担。"他说话的语气很真诚,我动心了。

那时,我已是快30岁的人了,但从未考虑过个人问题。他经常来找我玩。有一天晚上,他和我同学一起来游说、撮合,我谈了一些家庭出身等实际问题后,同学叫我到法院去找人问问,说院长是他爱人的同学。

没过几天,我真去了人民法院找到我同学的熟人。对方叫我写篇自传,并说:"你应该考虑个人问题了,不要看不起革命干部。"我在这样的情况下,不得已写下自传,交给组织科后,很久没有批复下来。

后来,他告诉我,财政科长又给他介绍了一个女朋友,也是乡村教师,和我在一个乡,现已调到银行点钞票。

我说:"那你就找她吧,我们分手!"

他说:"我不喜欢她。"

他说得很干脆,没拖泥带水。因为我的家庭出身问题,组织上迟迟不同意我们结合,但他还是来找我。

一直记得他曾和我说过的话:"我第一次见你,是1950年暑假,在你们学习班结束的文艺汇报演出会上。那天,你穿了一件碎花连衣裙站在台上歌唱,给我留下了极其深刻的印象。那一刻,我心知肚明,一眼就看中你了。"

后来,有人告诉他:"你可真笨,报告材料不一定要交给县委,你可寄到嘉兴地委。"果然,邮寄到地委不久之后的某一天(大概是1953年的暑假),同学匆匆跑来告诉我:"你们的申请报告,组织上批准了。"

于是,我们草草地办了结婚手续。

那时,他已从海盐教育科(局)调到县政府做秘书工作。他常说:"这工作真烦,每晚都睡不好觉,头疼,真不想干了。现在,省里需要干部去学习,回来参加社会主义建设,我很想报名参加。"

我当然没意见,他到省里学习结束后,又被分配到湖州,那已是1954年的3月了。

他来信说:"你放暑假了,就到湖州来。"

去了湖州后,我被分配到月河小学幼儿园。不久,我发现自己已经怀孕了。

1955年3月,他参加了整风"反右"学习,很忙。在我快要生孩子的前一个月,有个星期天,他突然对我说:"我在山东有两个女儿,不知现在怎么样了?"

一 融 情

我一下子就懵了，不知道说什么好，呆呆地听他讲那过去的事情……

他说："参加革命工作那年，我写了自己的名字寄信回山东老家打探，没有下落。后来，在行军路上遇见了我的外甥，才知前妻死了。外甥还说，他已被分配到济南中国银行工作。这时，我知道马上要渡长江、解放南方了，就要求南下。"

他说他到华东军政大学学习后，就参加了渡江，最先到达湖州，在湖州市委干秘书工作，再调到海盐。

他讲到兴头上，还说了一些婚前我从未听说过的经历。我清楚记得他这样说："当时在山东招远老家高小毕业，结婚后在私塾教书，生活很不易，家庭琐事又很烦。后来，阅读了一些抗日的进步书刊，就想参加抗日。一日，见济南《民国日报》在街头招人，也不了解情况就去报名了，竟被录用了，当时真不知道是国民党办的报纸。做了两个月缮写后，觉得不对头，才发现《民国日报》虽宣传抗日，但不是共产党办的报纸。"

他还说："1939年5月，看到山东《大众日报》社招聘人员，又去报名了。结果，凭着一手好字又被录用了，做校对工作。同年10月加入了中国共产党。别人是一个村庄几个人一起干革命工作，而我是单枪匹马，到南方后，一个熟人也没有。"

这样的人生经历，使得他的性格变得越来越内向，一时听不懂湖州话，一生说不来湖州话。

就在他向我叙述了这些过往的身世后不久，记得是1955年的3月，他大哥、三哥、女儿来信了，希望他回山东老家看看。这样的家事，领导理当准假，组织上还补助了他30元钱，让他回老家一趟。

他回山东老家的这年4月8日，我分娩了，是个儿子，他的大哥给我们的孩子取了个名字，叫马凤翔（上户口时，他在"别名"一栏里填了"青云"）。

他回到山东才知，他的大女儿出嫁了，已经有了两个孩子。10天后，他从山东带了4个人回到湖州，其中有他的大女儿、小女儿。

那个年代，粮食很紧张，配给的粗玉米粉都不够吃，而且他的供给工资刚改成薪级工资，减到只剩60多元。有人告诉我，吃不饱就去买一些吃得饱的零食填肚子。我照做了，很管用。

记得那年的12月，他的大女儿要回山东婆家了，小女儿留在了湖州上学。他把我们结婚时的被子、床单都给了她俩。见他小女儿年纪比较小，就想把缎子棉被给她，听到有人说，上学要朴素一点，他才打住。

他自己的裤子破得露出了膝盖仍穿着去上班，还笑着对我说："自己苦一点，可以让孩子们享受一下穿新衣的快乐，这很好么。"

一 融 情

我没话好说。

他的小女儿不喜欢上学读书，读到初二就辍学了，自己托人，找了一份在工厂的工作。有一天，一位在机关工作的小伙子，找到我的住处，直言道，想与他小女儿做朋友。我说："这事我做不了主，得问她父亲。"

那段时间，我心里很苦闷，在湖州没有亲戚朋友，心里不愉快也无处诉说，工作也没精神，同事看出了我的不愉快，我也不好意思与同事多说什么。

就这样糊里糊涂地过日子……一天又一天。

第二年开春，我怀了第二个孩子。这时，我和他已产生了家庭矛盾，甚至闹到了要离婚的地步。因为《中华人民共和国婚姻法》规定，怀孕不能离婚，我们只好作罢。10月26日生下了女儿（户口报名"马燕燕"，别名"红云"）后，母亲从老家海盐赶来照顾我。

此时，他在湖州中文公司当经理和书记，工作很忙，家也不回，住在单位。我和我母亲一起，照顾两个相隔一岁的娃，艰难度日。

因母亲家里还有我外婆、弟妹需要她照顾，在湖州帮了我一段时间后，不得已要回去了。

母亲走之前，我给他写了张条子，告诉他："我找了一个代管孩子的奶妈。"他不同意，说马上回家处理两个孩子谁管的问题，结果是：青云送去机关托儿所，红云托隔壁邻居陆家娘姆照管。

一双儿女有了着落后，我母亲回海盐了，他回家了。

他一回到家里，就检讨说："过去都是我的错，我不对的地方，我会改正。"后来我发现，他很爱这两个孩子。夏天很热的时候，我们搬到月河小学暂住，晚上，他总是手拿蒲扇给两个孩子扇风、赶蚊子，直至入睡。

于是，我们重归于好。

其实我生女儿的时候，家里已被他山东老家的人弄得一贫如洗，两次产后我都没好好吃东西，更没钱买补品，我和一双儿女，三人每天吃两角钱伙食，我母亲只是从老家海盐带点自家腌的咸菜吃吃。这年，连被子都没有，都被他送给山东的两个女儿了。天冷了，我想买床棉被，他都不肯，生了俩娃，认了亲，家变穷了。生活如此不易，我还是安慰母亲说："人穷志不穷，现在家庭经济是很困难，慢慢一定会好起来的，请您放心，我不会不管弟弟妹妹的。"

记得那时，他经常下乡，我一个人带两个孩子，人生地不熟，孩子生病了，弄得我六神无主，心里闷闷不乐。我和他经济分开，他负担两个孩子，我自己负担自己，还要寄钱回家养弟妹。我的生活过得很艰苦，连当季穿的衣服都没得替换，只好晚上洗，早上穿。我也不叫苦，坚持了下来。

一 融 情

1960年之后,我的三个妹妹、一个弟弟都渐渐长大了。妹妹出去工作后,对我来说,减少了一点娘家负担,但还是过着极其艰苦的生活,买不起家具,甚至买不起一张床。他在湖州文化馆工作时借的那张床,"文革"期间突然被收了回去。没办法,我们四人只好睡在地板上,我也不叫苦、不埋怨。

过了几年,我们慢慢地添置了一点家具,有了自己的床、桌子、凳子等用具,很高兴也很满足,觉得这是靠我们自己的双手慢慢建立的小家,从此,不再计较生活的不如意。

再后来,我们的日子一天比一天好。我病退了,儿子工作了;他离休了,女儿插队返城了,顶职到了他工作的单位。从此,幸福像花儿一样盛开……

他比我大15岁。50年来,他像个大哥哥爱护小妹妹般照顾我、呵护我,特别是在我生病的时候,经常催着我看病吃药,若住院,他连中饭也不吃,只塞几块饼干充饥,一直陪伴在我的身边,那种温暖一直在我心中萦绕……

此时的他已96岁高龄,不怎么生病的他突然病倒了,从不住院的他住进了医院。我看见他的病状,感觉已经留不住最爱我的人了……

这些文字,推算是母亲在父亲即将离开人世前的2003年春天写下的,没有写完,也不完整,更不详细,通篇没有情意绵绵的字眼，也没有强烈冲撞的情景，叙事风格温暖柔情，文字一如少女般纯真。

透过这近三千字，我依稀感受到了父母细碎的情感碰撞、平凡人生中的不平凡。

从那个年代走来的人，面对爱情，能够说出最后那句话，足以温暖到我的内心，触动我的软肋：自己何尝不是这般忍辱负重，在对的时间里找不到爱与被爱的那个对的人，却依然信誓旦旦爱着不爱我的人且坚守着初心，直至生命的终结？！

感觉特别孤独无助时，我常常扪心自问：可以遇见的悲哀，为什么还会考虑别人的心情？家，真的比自己的生命还重要吗？早已失落了情梦，依然把家视如生命；不是想要的生活也任性不得，不被爱的生活还要委曲求全，宽容地付出，只为初心而坚守。山东娘们的初心就是从一而终？

是不是在"50后"的认知里，那个可以预见的悲哀只是：一个"爱"字，陌生一世；一个"恨"字，顿悟一生！

确实，特别缺爱的人内心是极其纠结的，表现形式也各有千秋。而我，到死，都想用文字穷尽"爱"与"恨"二字，可以不长寿，但一定要活得明白。

因为，在我的灵魂深处只储存了8个字：吃亏是福，付出是爱。

父亲是一管"枪膛"

父亲去世那年,我很想写一篇文章纪念。在追悼会和素酒席上,听到的一切与父亲有关的轶事,那些和父亲共过事、"文革"期间调查过父亲的同事说的平常事,在我听来,都是极其珍贵的传奇故事。题目也拟好了:《不了解父亲》。我还没动笔,有朋友发来了一篇文稿《另类老人》,写得情真意切,虽没有指名道姓,但叙述的就是我的父亲。我把这篇散文编辑刊登在报纸上后,就再也没提笔写父亲。直到海盐县地方志《山东南下干部在海盐》一书的编辑打电话来约稿,我才深感愧疚,我早该写一篇回忆父亲的文章了。因为对方催得急,只给3天时间,我正忙,不敢应允,便征求老哥的意见,老哥说:"我来写吧!"老哥记忆力好,写文史一类的文稿,他是一把"老枪"。

1909年11月23日,我们的父亲出生于山东招远一户破落的农民家庭,排行最小,所以祖父对他寄予读书成才的期望,取名为马书绅,参加革命工作后才改了名。全家省吃俭用,供他上学,读

一 融情

Rong Qing

到高小毕业。这在当时已属高学历了,所以辍学以后,在家乡当过一段时间的私塾先生。由于人多地薄,生活难以维持,父亲的大哥、三哥带着全家闯关东去了。留在家乡的人只能艰难度日,一年中,有半年靠榆树皮和野菜维持生活。

后来,实在没有办法,1939年5月,父亲只身出走,来到济南寻找工作。

这时,抗日战争爆发,父亲看到宣传抗日的济南《民国日报》正在招聘报社人员,他凭着一股爱国热情和高小毕业的学历"考"进了报社,开始了伴随他一生的文字工作。

这段历史,使他在"文革"中"久经考验",吃尽了苦头。现在想想,这段不过两个月的经历,自己不写入档案,又有谁知道?

参加革命的山东人就是这么实诚!

那时,在山东有深厚基础的中共地下党活动频繁,不久,父亲结识了一位山东的老地下党员郭际潭,在他的引导下参加了革命,并经他介绍加入了中国共产党,时间是1939年10月。

父亲曾对我们说:"在战争环境下入党,是要冒生命危险的,日伪势力、国民党势力很猖獗,一旦知道你是共产党员是要杀头的。"父亲当时这样说的时候,语气沉重,显得很严肃,那种共产党员为中国革命和民族解放事业不怕牺牲的精神,让我们暗自敬佩。

革命战火，把一位文弱的书生淬炼得更坚强了。

父亲参加革命初始，曾是山东沂水县岸堤干校学员并入了伍，主要是做群众工作，动员抗日力量，一个村一个村地宣传我党的抗日主张。由于形势严峻，一到晚上听见狗叫，就要警觉地穿衣起床，即刻转移。有好几次遭到日伪、敌特的追杀，但都侥幸地逃脱了，有一次，一颗子弹还击中了他的背包。因为遭遇过索命于枪下的经历，所以直到晚年，他有时还在噩梦中惊醒。

战争给人留下的阴影是沉重的。

在抗战的相持阶段，父亲进入了我党在山东的宣传阵地——中共中央山东分局机关报《大众日报》社，在编辑部分别担任缮写、校对工作，后任鲁中南报社秘书，1948年任中共鲁中南区宣传部干事。

在父亲当时的领导和同事中，有于寄愚、张鼎臣、陈冰、王力等。在"文革"中，王力受审，中央专案组两位成员还来咱家向父亲调查王力在山东的情况。

父亲的革命工作虽不在前线的战场，但也和打仗差不多，经常要随着战事的变化转移社址，隐蔽机器，与敌人周旋。

在我们心中，父亲就是一管枪膛！

父亲随大军南下之后，参加了"土改"。1949年1月，他

融 情

在中共中央华东局党校学习，4月先到湖州，任中共浙江省第一地方委员会（嘉兴地方委员会）湖州市委秘书。1950年他到浙江海盐，担任海盐县文教科长，两年后，任海盐县人民政府秘书室秘书。其间，和当地女子师范毕业的小学乡村教师——我们的母亲结了婚。

父亲从未跟我们述说过这段婚史。最近海盐县史志办向我们征集《山东南下干部在海盐》一书文稿，出具了查看档案的介绍信，我们才得缘接触到父亲的档案，从一小段文字记录中，"偷窥"到他追求爱情感人至深的细节，令我们心跳加快、心动不已，像读小说一样读了父亲的历史，看到了，似乎读懂了却又读不懂了……难道父亲真的留了个谜？让我们退休后追根溯源、寻觅蛛丝马迹，写一本传记，为后代留点史料？谁会看呢？

革命经历已经很丰富的父亲，根据组织需要，1954年3月，从海盐再次调入湖州，继续丰富人生经历，曾在市委手工业部工作，担任过湖州市中文（文化用品）公司党支部书记、经理等职，1955年任湖州市文化馆馆长，1957年任湖州人民广播站站长……在文化、新闻宣传的阵地上一直干到67岁。

20世纪50年代末和60年代初，父亲在湖州的生活是平和而有规律的，其主要精力都在工作和学习上，也慢慢适应了江南的生活，习惯了吃大米饭，吃淡水鱼，不像有些"老山东"，到了江南还一直吃馒头，嫌淡水鱼有土腥气。

父亲爱好文艺,写得一手漂亮的硬笔书法和软笔书法。他审过的稿件朗朗上口,留下的字迹龙飞凤舞,养眼得很。他一直喜欢诗词赋,"文革"中购买了大量书籍,如《唐宋词选》《革命烈士诗抄》《红旗歌谣》《海涅诗集》《郭沫若文集》,还有沙鸥、徐迟等人的诗论集等。

他的这种爱好,早早唤起了我们对文学艺术的兴趣。

喜欢读书,是父亲坚持了一辈子的事情,他在特殊年代里读了许多书,《毛泽东选集》是他读得最熟的一部书,更重要的是,他把它当作历史教科书来读,因为其中的许多历史都是他经历过的。

父亲自己喜欢读书,还给我们提供了读书的优越条件。幼儿时,每个星期天,任由我们在新华书店选买一本连环画;小学时,帮我们订阅了《儿童时代》《少年文艺》杂志;中学时,订阅了《人民文学》等文学杂志。我们没挣钱时,只要新华书店有我们想看的书,他都舍得掏钱买,比如《欧阳海》《红岩》《钢铁是怎样炼成的》《童年》《金光大道》等小说。我们工作的前期,每月的工资几乎都买了书,他都没有任何意见。

那时候父亲读文艺作品,一是出于天然的爱好,二是为了工作。他常说:"群众文艺工作不但要在政治上引导,还要在艺术上有见解。"父亲就是这样孜孜不倦地学习、读书,既适应了革命工作,又充实了个人生活。

一 融 情

父亲写得一手好字,也有很深的文学修养。可以说,我们对书法艺术、文学写作的兴趣来自他的熏陶,也是他潜移默化一手培养的。

"文革"十年,父亲像其他革命老同志一样被揪出,定性为"走资派",被抄家、游街、批斗、关牛棚、冻结工资,不仅身体、人格受尽侮辱,连基本的生活也受到影响,原来82元月薪工资,变成只有30元了,这是他自己和两个子女每人10元的生活费,比当时8元一个月的五保户只多了2元。更让他痛心的是,子女的升学受到了影响,因为是"黑五类"。

在那个年代,一些人们所熟知的常理都会被定为罪行。陈冰是父亲的老领导、老上级,他在任嘉兴地区地委书记时,曾来我家看望老部下,因为这,父亲就成了"黑爪牙",在万人批斗陈冰的大会上,父亲也被揪上台挂牌陪斗。在这样艰难困苦的日子里,父亲仍保持着一种乐观的精神,对未来充满信心,并把这种对未来的信心,倾注在对子女的培养和教育上。

"文革"后期,父亲获得"解放",重新出来工作,先是在杭州至牛头山的铁路工地上做宣传工作,后来进驻湖州通用厂工作组做整顿工作,还在房管会工作了一段时间,之后回到原单位——湖州人民广播站任党支部副书记。当时还没有规范的干部离退休制度,直到1976年6月才有政策规定,退休可以让下放农村的子女上调顶职,这才正式退休(1981年3月改为离休)。

退休之年,他已是67岁的老人了。

父亲的这段革命简史,一直是我们的骄傲。

枪膛的余热,温暖着父亲走完革命的人生之路,感染着我们对精神世界的无限追求。

父亲离休以后的晚年生活是幸福的。他每天看书、读报、写字、养花,而且一直以来心态平和,随缘自娱,活得很健康、很快乐。

看书仍是他的主要喜好,而书法则成了他每日必做的活动,既怡养心志,又锻炼身体。他的作品,曾在浙江省首届老干部现场书法比赛中获得一等奖,还上了浙江电视台。

晚年,他对养生也很注意,起居饮食很有规律,一直保持喜欢吃生大葱和荬菜(大白菜)的饮食习惯,不喜欢吃腌制食品。肉丝炒大白菜作为每天的荤菜,父亲百吃不厌。而我们成家后,小家庭厨房少见白菜,因为年少时吃白菜已吃到胃反酸。

父亲70岁以后,才开始每天喝一小盅烧酒(一种最廉价的白酒,俗称"枪毙烧"),没菜时,几粒花生米,几根大葱就行,生蒜也吃,看着他吃的人,眼睛都会痛。现在想来,生蒜、生葱、白酒样样杀菌,怪不得父亲一生很少生病。

从我们懂事起,记忆中的父亲只挂过一次盐水,因为感冒发烧。让人哭笑不得的是,就这一次挂盐水,他都没有挂完,中途自己拔

一 融情

掉针头，偷偷跑回了单位。我们赶到医院时，被护士碰见，苛责了一顿："没见过像你们父亲这样倔的患者，还发着烧呢！"

一直以为，父亲活过百岁不是问题，没想到却终于96岁，只因吃了变质的食物，一病不起（2003年年初二吃坏肚子，到9月6日逝世），住院半年多就走了。现在想想，我们都心痛、后悔不已。

入殓那日，我们悲痛难抑，天公也哭了，突然狂风大作，暴雨夹着玻璃球大小的冰雹从天而降，吹散了一地花圈……

这样的好人要走，老天都不舍啊！

父亲还是走了，火化归葬前，病友们都来讨个吉利，讨要老人住院期间吃穿用过的东西，大到上海牌老手表，小到碗筷，全部拿走。大家纷纷说，一个干干净净的"老革命"，无疾而终是喜事，用了长寿老人用过的东西，自己也会长寿的。

在与父亲相处的日子里，他让我们真切地感受到了人伦至爱的美好情感生活、文化艺术的优雅浩荡之气，这种影响历久弥深。

今天，在为父亲写一篇回忆小文之际，我愿此文化作湖州道场山上的一朵小花，敬献在桂花山公墓"蓬莱阁"——父母的灵前，以表达我们深深的思念之情。

（感谢老哥马青云为此文写下1500字回忆文字）

家有宠儿半遮脸

家有"80后",一切与之相关的人事——物质的、精神的、现实的、虚构的……怀揣"50后"少见少有的激情,用自以为与时俱进的话语,时时拍打着孩子的脑袋,妄想隔代介入,甚至想充当他们的人生推手。

结果,心灵鸡汤常常倒流。

独子宠儿的时代,让生于造梦年代的人诚惶诚恐,鲜有招数,只得把浪漫的初衷、美好的向往、宽容的家教、自由的天地拱手让出。暗地里,却信心满满地想赌一把,看看"隔代出世"的"80后",究竟有多少能耐,奋斗出他们梦想的鲜活人生。

我一直认为:善于发现孩子的天赋特长,是每一位家长的职责所在。从孩子牙牙学语起,我就注意观察、积极引导。发现儿子的绘画天赋,是他刚会坐在小板凳上翻看画册。突然有一天,发现他盯着简易的动物目不转睛,还用小手在画上摸来摸去,我便在画册边,放一张白纸、三支黑红黄蜡笔,他拿过黑色蜡笔画拉几下,一

一 融 情

只青蛙跃然纸上……

上幼儿园时,他的绘画作业常常被挂在墙上,大班暑假,他被推荐参加全市幼儿现场绘画大赛,结果孩子突发高烧住院没去成,老师一趟一趟地探问,希望之情迫切,令人印象深刻。

他读的小学是全市最注重特长的实验学校,除了参加学校 N 个特色班外,他还在少年宫报了一个素描班。无奈,他的兴趣爱好广泛,只学了一个暑假的素描、一个寒假的书法就放弃了,但他设计的校徽 LOGO 被装入镜框,挂在学校墙上。他回家也没说,是我参加家长会时偶然看到的。

就近入学的初中,他以前 10 名的入校考分,遇见了一位好班主任,成了初一年级的大队长、学习委员。

激动过头的好事往往易逝,初二年级换了班主任,学习委员换为劳动委员,这也没什么,想不到的是,没过多久,却"翻脸"成了班里的"坏"学生,成绩每况愈下。突然有一天(记得是初二年级时的 12 月底),孩子流着泪对我说:"我要换班级,否则不读了。"我这才知道孩子成绩下降和不想读书的原委:他身后的一位同学向他借橡皮,他转身拿给同学时,恰好被进教室的班主任看见,认为上课了,还转身和人说话,破坏了课堂纪律,结果当众把他赶出教室,罚站整整一堂课。

难以想象,寒冬腊月,北风呼啸,弱小的身躯在四面透风的走廊被罚站、被寒风吹干泪水，是什么滋味。这 40 分钟，孩子的心理扭曲到什么程度，才不想读书了？我心已痛到爆表，嘴上却说："纯属巧合的误解，你可以申诉啊！干吗一声不吭地接受惩罚？解释清楚，就不用在寒风中被罚站生病了！"

孩子说："她那么凶，谁敢？！我解释了，可老师只认自己眼睛看到的，她不相信同学们说的，更不会听我的申诉。

"那个向你借橡皮的同学不替你解释吗？"

"他吓坏了，头都不敢抬。那个老师太凶了，同学们都怕她，只敢在期末给她评分时打 ×。"

孩子都这样说了，我还能说什么呢？总不能冲到学校，像个泼妇一样掀桌拍凳，把老师痛骂一顿吧？这能补偿孩子扭曲的心理？还是能补回他受伤害的身体（重感冒）？我心里不得不承认：这孩子性格太像我了，外表懦弱，内心刚强，宁折不弯，倔脾气。前车之鉴：这样的性格，走上社会一定会吃亏。我很担心！性格决定命运呢！

老师的武断误判、体罚学生的直接后果是导致孩子提前叛逆，产生心理障碍，间接后果是成绩极速下滑、性格无端扭曲。儿子纠结，我更纠结。我在朋友圈里诉说，立马跳出一位热心肠的好友，两人结伴赶到学校校长室要求换班，好说歹说无果。换班理由校方当然不予受理，说是无法给老师和其他学生家长交代。我得到的回复是：

一 融 情

初三毕业班时会统一换班主任的。

眼看着孩子的学习成绩步步下滑,从拔尖到中等,我无可奈何。孩子开始偷偷阅读大量的课外小说,直到被我偶然发现他写的两篇散文《萤火虫》《我的自传(小猫版)》,根据文中描述的典型环境中的典型人物,我才知道他看了金庸、古龙的武侠小说。我家没这些书啊?一问才知,这二十多本武侠书都是他向小学同学借的。

为了鼓励他爱上写作,我一字不改,将他的这两篇文章推荐给当地纸媒《金色年华》的编辑,刊登后反响不错。校方喜欢第一篇,给他发了获奖证书,而我喜欢第二篇,因发现了孩子的阅读能力和驾驭文字的能力而甚是欣喜。

盼星星盼月亮,初三年级终于盼来了新班主任。

果然,孩子读书主动了,学习也开始来劲了。这终于让我明白,遇上一位好老师,鼓励和正能量对一个孩子的成长有着至关重要的作用。

无奈,初二年级的学业是整个初中三年的"重中之重"。意识到这一点,似乎为时已晚,儿子内心燃烧起熊熊烈火,紧赶慢赶努力学习、奋斗拼搏,却以3分之差与心仪的高中失之交臂,以"种一棵树"的代价择校第二志愿。这还是我托电大同学好友的福,靠机缘达成的。

一 融 情

高中的学业是紧张的，容不得半点的懈怠和矫情。每次家长会后，我的心情都很沉重，基础不扎实就是落后，成绩不理想就得猛赶，落后久了只会产生负能量。一旦"死猪不怕开水烫"了，问题就更大了，关键时刻掉链子，向往的名牌大学望尘莫及，只能另辟蹊径。低门槛大学，日后找工作难度大。意识到危机时，他已是高三，一模、二模、三模……学习成绩基本定位，咋办？

考重点艺校？对孩子和家长都是艰难的选择！

决定重拾画笔学画画之日，离浙江省艺术统考只有一个月时间，儿子画了一张素描、一张水彩，匆匆托他舅舅交给画家钱老师，钱老师是这方面的专家兼特长生指导老师，早已桃李满天下。我们请他现场审阅儿子的画稿并当场拍板：行还是不行？在他那里再学二十多天，能不能顺利通过省级艺考？

"他有天赋、有潜力，值得一搏，考试得看他的运道了，谁也无法打包票。"钱老师的实心话让我们信心满满，孩子更是激情万丈，仿佛看到他心仪的大学之门正向他徐徐打开。他天天在家画、去画室画，钱老师手把手地教，他恨不得一刻也不消停，画技突飞猛进，省考顺利通过。现在回想起来，简直不可思议，我们赌得也太险了，真是难为钱老师了。

儿子考上心仪的大学，听他在梦里笑，而我的心却揪揪的，心里明镜似的：读艺术等于烧钱！可这是孩子的第一志愿，在艺术类里仗着文化本科高分过的线，已非常不容易了，烧就烧吧，只要孩子的人生开好了头，做父母的可以勒紧裤腰带。此时，孩子的爸已毅然辞职帮兄弟管理实体，我也拼老命日夜码字，只为孩子的新人生开道，祈祷他将来能靠自己的实力，谋得一生一世喜爱的工作，而不仅仅是糊口的饭碗。

2007年第一个学期放假回家，他顶着一头孔雀蓝毛发进门，着实闪瞎了我的双眼。我的气息运了又运，火气压了又压，张嘴却弱弱地问："你不是说生活费不够吗？哪来的钱染头发呢？"

"同学送的票，他家在上海的理发店新开张，让我去当嘉宾，免费焗油。我也不知道会焗成这般颜色。"他害羞地说。

"哦……"我心想："你咋和老妈一个样呢？这也敢试，怎么另类怎么来。年轻时任性，我已经亏大了。想当年，因为我穿戴前卫，我的老爸，你的外公——1939年的老党员竟在党小组生活会上因此挨批评。而我，因为穿着标新立异、举止特立独行，总被人在背后指指点点。母亲挂在嘴边的一句话就是：不听老人言，吃亏在眼前……说的就是我。"

心里纠结了很久，出口的话却是："当心人家以貌取人，你明天上同学家玩去，没准人家老妈会说以后不要和顶着一头孔雀蓝的同学交往，呵呵，信不信由你。"

过完年，儿子的头发变黑了也理短了，我提到嗓子眼的气一下

一 融 情

Rong Qing

子顺了许多。

大二，选择专业时他犹豫过，明确表示不喜欢营销求人之类的职业。呵呵，这依然像我。他决定在服装和珠宝专业二选一的最后一天，来征求意见了。此刻，我正在长兴采风，性急之中，征求了同行采风的一位作家和一位画家的意见，他们都是市里的重量级人物，她和他异口同声地说"服装设计"。理由是，毕业后工作好找。

不料，最终儿子选择的是珠宝设计专业。理由是这个专业只招一个班，30人。六个班级，每个班级招5人，学习成绩必须是班前5名，不是报了名就可以读此专业的。孩子强调说："我条件符合，放弃太可惜了，老师也建议读珠宝专业。"

我说："那行，反正高二选文、理科时，你也没听我的，记得当时就表态了。这次你不听我的，以后类似这样的重大选择，你自己做决定，只要把这个专业学到最好，不后悔当初的选择就行。"

学书画，基因里倒是有，我的舅公曾为上海大使馆画画，他的舅舅是当地有名的书法家、艺评家，他外公的书法倒也获过奖，而学珠宝，家族空白，祖上三代，不是种地的农民，就是革命的军人。谁都明白，这个专业更烧钱，毕业找工作的渠道更窄、更难，留在家乡工作的机会几乎为零。

一个"赌"字，决定了风险的存在，可能血本无归。朋友、同学的赞誉，我都当补药笑吞，心揪揪的，也没办法，孩子欢喜就是最大的慰藉。我还是把丑话说在前面："既然你选择了，就要学到极致，喜欢是最大的潜能，潜能挖出来了，人生不后悔。"

学业之后的就业，只有走一步、看一步、拼一步了，将来全靠孩子他自己的造化！

活过半世的人，常常仰望星空，守望着"儿孙自有儿孙福"的麦田，最大化地往幸福里暗笑。回望麦田里的沟，却发现一条比一条深……仔细想来，似乎都是自说自话自掘的。

2011年，大学毕业前一年，儿子突然提出去美国深造读研，我始料不及，嘴上不说，内心却极力反对。一直认为，工作份额像切蛋糕，越切越小，得早点占领工作岗位，越早才越有可能找得到好工作，而且像我们这样的工薪家庭，经济收入有限。

一个赶不上趟的人，人生总是功亏一篑。可是，总在寻梦的孩子，哪天才让父母释怀？我心中无谱。

为了奖励孩子在大学所获得的优异成绩（上海市优秀毕业生，学校优秀团支书，一等、三等奖学金），也为了不让有梦想的年轻人将来怪罪父母，我也开出了近乎苛刻的条件："不花出国中介的冤枉钱（少说也得3万多元），自学自考自找国外的名牌大学，学校排名世界前50名，就读后打工赚学费、申请奖学金，我们就筹钱让你出国深造！"

一 融 情

一个人的运气来了真是挡也挡不住。一年时间，竟然全部由他自己搞定了。一所在我听来很陌生的美国威斯康星大学，度娘上一查，当年竟然排列第 19 位，这让我始料不及，唯有举双手赞成，收集所有存款，向小叔子借了保证金，送他出国留学。

飞机直冲云端，我的心一直悬空，转机再转大巴车，在足以到达目的地的时间，突然与孩子失联了……

第二天失联，第三天还是失联……

出状况了？两个大箱子、一把木吉他，当时我就火大，你有三只手吗？转机转车时怎么拿啊？孩子坚持，我也无奈，难不成在出发前为这点小事争论不休？他将离家读硕三年，我只能做这样的事：让孩子高高兴兴独身上路，不带走一丝乌云。

失联让我抓狂，四处电话咨询，就差打大使馆求助电话了。不怕你笑掉大牙，还真想过打 110 求助电话。当这个愿望非常迫切时，想到了正在美国援教汉语的寇老师，她是师院的英语教师，此时正回国休假，刚巧也在她哥哥家，电话一通，她用自己的亲身经历，把看到的、听到的关于失联的种种可能说了又说，我才消停。那晚，她的一席话，让我久久不平静的心平静了些许，至少不那么抓狂了。

我的心被稍稍抚平的第三天，儿子终于来电话报平安了。此时此刻，他的声音在我听来是那么的玲珑。

"安全抵达就好！"我只说了这句话，对他过往的埋怨瞬间勾销，说什么都不比平安抵达重要。

那晚，我睡得很香。

经历了这次担惊受怕后，我想了很多，也释然了许多，放飞之日决定放手，都快到耳顺之年了，为何还在下一代的人生徘徊苦恼呢？管好老人和自己吧，各自保重，祈祷未来。

孩子一去就是四年。三年在威斯康星大学麦迪逊分校读研，获得金属与首饰专业艺术学、文学双硕士学位，其中第二个学年，获得了奖学金，学费全免，还找了一份校艺术系助教的工作，做的是匠工的活，解决的是基本温饱的问题，让本来拮据的家庭，深深地缓了一口气。没钱去参加孩子的毕业典礼，他拍来了毕业视频和照片，我都看哭了……很后悔没去参加这么盛大的毕业典礼。

那年的7月，毕业后说有一年时间可以留美实习找工作。他从学校踏上社会，从威斯康星州到纽约，一头扑进了美国文化艺术中心、艺术家聚集地，开始了他人生中第一次艺术拼搏的旅程。

找一份与所学专业对口的工作谈何容易，为了实现人生价值，还是为了活下去？至少得在美国试试。

试水试身试能力，拼尽了才知行不行，一如当年拼尽家财出国深造。

一 融 情

在美国，去时，没一个熟人投靠；留下，也没投亲靠友的路子。孩子依然像男子汉般决绝：留美，留美，心心念念留美！差点没把我逼疯。

试着靠自己的能力留在美国，20年前易如反掌，近几年谈何容易，何况学的又不是IT、金融之类的工科、高科技。他学的是最难找工作的文学艺术。世界大同，这样的学科就是在国内也很难找到心仪的工作。纽约是世界文化的中心，拥有艺术家签证、特殊人才签证的中国艺术家，一握一大把，有的还真没啥名气，可挡不住人家有钱啊！

融入难，不融入更难，首先得在艺术圈找一份与所学专业相容的工作，养活自己。

2015年7月毕业后，他千辛万苦找到第一份工作——在Josh Tonsfeldt工作室为美国艺术家当助手。Josh是一位年轻的美国当代艺术家，做雕塑的，其夫人在美术馆做策展经纪人，经常办艺术展览，儿子看到了融入的希望。

一名刚毕业的中国穷艺术生，没有艺术人脉妄想融入，得从当助手、布展、看展开始。在一次次的画展平台上，认识有名和没名的艺术家，对他来说，都是一笔笔宝贵的人脉资源和无限的艺术财富。

为美国独立艺术家当助手，一天的工资很高，但不是天天有活干,可以学到本领,养活自己,但艺术家只能为你写推荐信,不能保证你留在美国。

2016年,他在网上又找到了第二份工作——在马文Littlemeat Production纽约工作室从实习做起。他说是冲着马文在"中国奥运会"设计鸟巢的名气去的,只要能更多地学到艺术领域的工作本领,就是半年不拿工资,也值得去搏一搏。

半年多在美求职的艰难经历,渐渐让他明白:对于一个没有背景的中国人来说,进入美国的艺术圈谈何容易,迅速拿绿卡更是天方夜谭,没有7—10年真的拿不下来。

回首这一年儿子的留美往事,就我知道的有:为了绿卡准备当美国大兵,因为所学专业不符合条件,面试被刷。为了挤进首饰艺术圈,以学校办展的艺术作品,申请加入了布鲁克林首饰协会,成为一名协会会员。因为只有加入了首饰协会,才有资格租一间制作首饰的工作室(美国不允许在民房制作)。他入行才发现,工作室已被租完,等了半年,他都没能租到出让转租的工作室,想靠自己创作的艺术作品说话,获得艺术家签证或特殊人才签证,也成了泡影……

为了梦想,他合法留美到最后一天;为了生存,他从纽约市中心二人合租房,搬到曼哈顿郊区三人拼租房……其中还发生了若干可以留美的插曲,比如转工科读博,比如文职入伍,比如工作签证……无论诱惑多大,此时的儿子已是半个美国通了,无论亲戚朋友怎么忽悠他留下来,他只相信根据自己的经历的判断,毅然决然做了回国的决定,其中的酸甜苦辣,孩子不说,我不可能知道。

他只说:"在美国四年的经历,可以写一本书了。只是抽根烟,没抑郁算万幸了。为了弄懂世界和人生的本质,舍近求远,孤身赴美国求学、求生的经历,是人生不可多得的宝贵财富,不后悔当初所做的选择,实现了勾勒已久的梦想。9月1日回国,也不后悔现在做的决定。"

回国后,他对如何实现艺术梦,依然满怀憧憬。

一个月,两个月……寻寻觅觅,终于靠自己的实力进军上海,入职龙美术馆(西岸馆),开始走上了探索艺术的人生之路。

属龙的孩子进入龙美术馆,何等的机缘巧合!

一 融 情

Rong Qing

满腹经纶著与书

从来没有像现在这般,如此强烈地想为才华横溢的马青云留下点文字。接近一个甲子的年轮,潜心文化研究,着迷文学写作,坚持艺术创作,他腹中究竟装下了多少"经纶",才能深度道出《湖笔与中国文化》《印说湖州》《谭建丞传》《费新我传略》等专著?

他为当下湖州著名的和不著名的文人墨客写下的原创评论,多得记不住。他为研究湖州明清及现代文化名人、书画大师创作的文化随笔,极具参考价值。他因博览群书、过目不忘的好本事,早已被文化圈内人称为"活字典"。

崇拜归崇拜,我在媒体做了 40 年,从未为满腹经纶的老哥留下片言只语,真是愧得慌!写他对湖州文化的贡献是早晚的事,是必须要一步一步进行的终生写作。

央视科教频道《探索与发现》栏目摄制组,曾来湖拍摄非物质文化遗产系列节目《湖笔》,专门对马青云做了采访。在央视主任记者邓武的访谈中,他就湖笔的起源和发展、湖笔产生的自然地理及人文条件、湖笔的独特魅力、湖笔在当今与未来的命运等问题做了充分的表述。央视10套《探索与发现》栏目,是一个宣传本土文化的极佳平台,也使得马青云关于湖笔的研究成果获得了一次广泛的宣传。

我眼睛里的他,小时候诗、琴、书、画样样会,故事讲得活灵活现,并写得一手好诗。我印象中的他,从小除了看书写文,就在父亲的影响和指导下练习书法,与湖笔结下了情缘。1974年拜谭建丞先生为师,学习中国书法,在名家的传授中,对书法的用笔之道认识得更为深刻。而真正提起笔来写对湖笔的认识和研究,是在2001年首届国际湖笔文化节,他的一篇《我与湖笔》,获得了"湖笔论坛"散文组的一等奖。此文虽然以优美的散文笔调写成,但其中对湖笔的智性认识和感性实践,已经包孕了他以后做湖笔研究的学术原点和基因。之后,他便一发而不可收,在国家中文核心期刊《苏州大学学报》《教育研究》等发表了一系列有关湖笔研究的学术论文,把湖笔提升到中华民族传统文化品格的哲学高度来认识,认为湖笔是传统文化中"体道"的载体,是"道"的再生性传播媒介,参与并影响着人生的整合,为人性的建构发挥了重要的作用。

2009年,他以《中国毛笔的起源》一文,参加了在上海召开的艺术发生学国际学术研讨会,并在会上做了交流。该文从历史考古和经验的角度,对中国毛笔的起源做了深入的考察,并对在毛笔形成过程中的中华民族的艺术审美意识的发生做了可贵的探索,展现了中华民族的文明成果和艺术发展历程。此文得到了与会艺术学专家的充分肯定，并发表于2010年学林出版社出版的《艺术学——艺术发生学的研究与纬度》第5卷第1辑，产生了一定的学术影响。

2010年，他的关于湖笔研究的学术专著《湖笔与中国文化》由北京大学出版社出版。该专著被列为浙江文化研究工程成果文库，是以他为负责人的浙江省文化研究工程课题的一项成果。该成果是国内第一部以"湖笔与中国文化"的关系为研究对象的学术专著，填补了这一方面的空白。该书分别从毛笔的起源和发展历史，湖笔制作工艺水平的演进，中国文化的各个门类，如汉字、书法、绘画、教育、民俗等与湖笔的关系，毛笔与中国的思想、宗教、艺术审美等方面，做了一次较为全面的探讨。它将湖笔的研究放置在整个中国传统文化的主流背景之中，对湖笔所展现出来的形象生动、内涵深邃、优美高雅、独特丰富的文化形态和内涵做了深度的诠释与描述，同时探讨了湖笔作为中国人观照自然、诠释世界和承载其观念意义与情感的独特工具，对中华民族精神和人文气象的生成和建构的作用，从而使读者可以通过湖笔对中国文化获得一种既有具体感性又有理论深度的认识。他的《湖笔与中国文化》一书，被评为湖州市第14届社会科学优秀成果一等奖。

马青云在研究湖笔的同时，对湖州历史上的书画大师做了深入的探讨，并有相应的成果问世。2007年"赵孟頫国际学术研讨会"在湖州召开，他以《赵孟頫的吴兴清远：作为一种审美形态的考察》

一文,代表湖州学者在会上做了发言,被著名美术史论家薛永年教授称为"破解了'吴兴清远'的艺术密码"。其他著名专家,如丁羲元、李维琨等对他的研究视角和方向给予了充分的肯定与赞赏。在2007年绍兴召开的"首届兰亭雅集·兰亭论坛学术研讨会"上,他的《书法艺术的境域生成——兰亭雅集中的节·亭·序》,被主持人、著名书法理论家姜澄清教授称为"开创了兰亭学中单位文化研究的新途径"。2010年《晋韵流衍——沈尹默书法精品展专家论坛》在湖召开,他以《沈尹默书法艺术的特征及其文化形态》一文,又一次代表湖州学者参加了交流,他的发言得到了与会专家的重视,学术主持人、北京大学著名教授王岳川对马青云的研究成果给予了很高的评价。他的这一系列研究成果,不仅被收录在专题的学术论文集里,而且还被《文物天地》《中国书画》等重要刊物转载发表,产生了一定的学术影响。

实际上,马青云的湖笔研究,建立在他对书法的长期研习和探索的基础上。早年师从尊师谭建丞先生从唐楷颜真卿《麻姑仙坛记》入手,然后向上追溯学习魏碑,对《张黑女》《爨宝子》《爨龙颜》《嵩岳灵庙碑》《张猛龙》《崔敬邕》等碑用功尤勤,然后又继续上追学习汉碑,《张迁》《礼器》《曹全》《封龙山》《石门颂》等碑常常是他的日课。从纵深打下坚实的楷书、隶书基础以后,再往下寻流,重新入唐学李北海行书。他学的李北海名碑《李思训碑》,是谭建丞先生为他收集的明拓本;学怀素的草书,学五代杨凝式的《韭花帖》;学元代赵孟頫;学明清王铎、金农、何绍基等,在传统中上下求索，来回反复。汉魏碑刻，唐代楷书，晋、唐、宋元、明清诸大家的行草书，是他始终坚持的功课，涵养日深，酝酿日久，得到传统的恩赐也就越多，为他书法的成长演变打下了坚实的基础。

正因为有上述传统的基础，文化底蕴足了，马青云的书法艺术日臻妙境。他的行楷书是在综合颜、赵诸体的基础上，深得魏碑泽溉之后的新风貌，书风秀劲妍丽。点画间的粗细穿插，重轻节奏，使其更厚重，更灵动多变，其中又掺以金农的古朴、何绍基的沉厚，醇郁纯朴，随意宽博，具有一种天真烂漫的童趣。他常用这类书风写手卷、写方斗、写对联，深受有识之士的喜爱。著名书法家王冬龄先生称他的书法"有六朝遗韵"，李刚田先生认为他的字写得"单纯、深刻"。这确实是有见地的评价。

草书也是马青云长期研习的一种书体。父亲生前专写草书，身后留下了大量草书碑帖，为他提供了学习的氛围和条件。他的草书落脚于怀素的小千字文，掺以王铎的笔势和林散之的字形意态，运笔流畅，气韵相贯。其点画用笔善于以曲求直，转中带折，在秀雅的帖韵中寓以古朴的魏碑内质，在婉曲波动的线条之中可以感受到隶意的表现，用笔圆浑又有颜体的意味。其草书，字与字之间很少连属，但笔势连绵，运笔流畅而又节制分明，显得秀逸洒脱。他的草书很少做欹侧怪异的造型，字态端稳，章法齐整，不激不厉，温文儒雅，文人气息十分浓郁。但其运笔的节奏韵律与态势仍大有草意，既有理性的调控又有任性的放纵，两者结合得比较好，所以特别漂亮又耐看。

他写草书喜用长锋羊毫，湖笔中的长毫名品"鹤脚"是他的至爱，而且到了非长锋羊毫而不作书的地步，对笔锋长度的要求也很高。这与他对长锋羊毫的优势和使用特点有充分的理解和实践有关。在他的《湖笔与中国文化》一书中，专辟了"湖笔中的长锋毫"一节来阐述这一问题。他认为："长锋羊毫的特点是笔锋较长，蓄墨饱满，出水速度缓慢均匀。正是这样的特点而有了尽展笔性的优势，在书写过程中，每一笔画都能够保持墨色充溢，气韵连贯，同时也因为墨汁浓重，饱蘸多蓄，使墨水下注的垂力弥补了羊毫柔软易倒的缺陷，增强了弹性。"这样的认识，是他长期使用长锋羊毫的经验总结，实践出真知："从长锋羊毫实际使用的效果来看，用锋中正、能提能接、提肘回腕、纵笔顺利、运笔圆浑、回旋适意，有枯润相映、变化无穷的效果。虽然掌握难度大，而一旦驾驭，以柔克刚，自是妙境。"在这一段话中，可以看出马青云运用长锋羊毫挥洒自如的情境，是他草书创作过程的一种描述，学术研究和艺术创作在他眼中就是这样密不可分，所以，有人称他是学术与艺术的"双枪手"。

谦虚温醇的为人态度，淡逸虚和的处世作风，学无止境的进取精神，是马青云人生一贯的精神品格，这一精神品格，在他的学术研究和书法艺术中均有明显的体现，而他的激情和浪漫、幽默和风趣，唯有在与同道和好友的"碰瓷"中崭露。

一 融 情
Rong Qing

一次别离　万般疼痛

外婆家在海盐,那里曾有我的大姨、二姨、小姨和小舅。亲人间走动不多,但工作再忙,红白喜事必到。一天,二姨突然来电说:"你小姨被摩托车撞了,深度昏迷3天,至今还没有醒过来,恐怕难过这个坎,医生让我们做好心理准备……"我一下子就懵了,很久才听懂二姨说的话,要不要告诉我病重住院的母亲?

当然不能!我没敢告诉母亲。

后被证实,从身体被撞飞的那刻起,小姨的大脑就进入了死亡黑洞。心脏的微搏,是植物人渴望活着的最后形态。大脑死亡一周后,小姨的心脏也停止了跳动。小姨死于非命——飞来横祸。

命不该啊——她活过一个甲子不久,孙子才长大,外孙姗姗来,伺候完坐月子的女儿回家不过3天。小姨只是突然感到年岁不饶人,想为透支的身体加点油,她也只是选择在家门口的人行道上散散步。那天,姨夫走得快,先她百米左右……就在这个时辰这个点上,一位年轻人醉酒驾车冲上人行道,朝猝不及防的散步者"杀"来,偏偏撞飞了小姨。当姨夫拨开围观的人群,发现被抛身落地的竟然是自己的老婆,顿时痛不欲生,打死他都不愿相信,两人才分开几分钟,老婆就倒在血泊中,从此不再睁眼看他,不再开口说话,阴阳两隔。

肇事者是一位"80后",低保户,家境贫困,房子是租的,父母生活靠救济,本人没有正式工作,靠打短工生活,摩托车是二手货,已过了保险期两个月,未续保。穷人碰穷人,两眼泪汪汪,赔偿案陷入僵局,小姨被存放冻库,安身遥遥无期。

我没有想到,与小姨一样平凡善良的小姨夫,最终以对方区区几万元的赔偿金了断,为善良一生的小姨送行。这年,重罚醉酒驾车者正当时。

我不敢告诉母亲,小姨先她而去,是因为打小就知道,母亲与小姨的感情最深,常接济她。爱屋及乌,我也喜欢小姨,喜欢穿她做的灯芯绒布鞋,喜欢吃她腌的菜心。小姨与我的年纪相仿,想必是我瘦弱的外婆为了传宗接代生小舅无奈生下的她。不同的是,小姨是老三届知青,插队13年;我是1974届知青,插队不到3年。小姨的花样年华全埋葬在知青岁月里,而我顶替了一份好工作。印象中的小姨不爱说话,不爱打扮,总是束着马尾辫,身穿朝阳格,晴天布鞋,雨天套鞋,衲的鞋底针脚密,腌的菜心嫩脆香。不爱说话的她不会甜言蜜语,30多岁才结婚,清贫节俭、相夫教子,勤劳一生、善良一世。

一 融 情

Rong Qing

这次别离，小姨便常常来到我的梦里，想必是我送别小姨看她最后一眼时，突然悲情涌动，放声大哭所致。我哭小姨走得匆忙、走得悲怨，幸福晚年才开始，好人咋就没有好报呢？这世界真不公平！

小姨，我相信，另一个世界因为你的善良付出，一定善有善报！尽管你多么舍不下孙子外孙，舍不下憨厚多病的丈夫，甚至舍不下你年迈的大姐——我的母亲。

小姨，我也不爱说话，也舍不得你！两年了，与你的一次别离，入梦的不仅仅是你的憨模样，还有你衲的布鞋、腌的菜心……

爱上"丁莲芳"

"50后"的湖城人,印象中"鲜得掉眉毛"的小吃,除了小馄饨就是丁莲芳千张包子。丁莲芳是人名——第一代掌门人姓名,也特指千张包子。"吃丁莲芳去——"指的就是吃丝粉千张包子。

那个年代出生的人,不是想吃丁莲芳千张包子就吃得起的。当千张包子和小馄饨这两样小吃都没"零花钱"买的时候,就花3分钱买一碗豆腐花解馋。其实,人就是这样,越是吃好吃的东西嘴越馋。好东西总是过嘴难忘。丁莲芳千张包子,就是我们那个年代过嘴不忘的美食。

记忆中,我的父母崇尚吃,几乎所有的工资都喂进了我们的胃里。在他们的育儿教子理念里,只有吃得好,孩子才能成长得好。

托父母的福,我第一次吃丁莲芳千张包子时还在读幼儿园(比一般的孩子尝鲜早吧)。周日晚上,我唇上还沾着丁莲芳千张包子的鲜味就被送入园,可以说是含着鲜手指入睡的。从那以后,我就念念不忘这家店里的丝粉千张包子,睁眼盼周六(周六下午由父母

一 融 情

接回家住,周日傍晚入住机关幼儿园),似乎每到周六下午,小小的味蕾就开始蠢蠢欲动,一见父母就管不住脚,死拽硬拉父母的手,朝丁莲芳千张包子店踮去。那个街角有我每周的最爱:除了一碗丝粉千张包子(单件),还有半碗周生记馄饨、一本菩萨书(连环画,也叫小人书)。岁月当歌……这样的日子,一直延续到小学毕业。

到了初中,手头的"零花钱"稍稍多点,仍情有独钟"丁莲芳",舍得花钱去吃一碗。成年以后,当自己可以大把支配金钱时,常常会找个理由去吃一碗丁莲芳千张包子。现到了耳顺之年,每周至少两餐要去丁莲芳千张包子店过瘾。

仍那么贪恋家乡美食,定是幼时父母宠养的缘故,时至今日,我总不忘给母亲打包一碗双件送到病床头。尽管 90 岁的老母亲已没有一颗牙齿,说不定味蕾也已失忆,却唯独对丁莲芳千张包子念念不忘,真可谓味蕾不败丁莲芳!

自己爱吃丁莲芳千张包子,恨不能让全中国的美食家,乃至全世界的人都来尝鲜,只要有朋自远方来,就不忘推荐这道鲜煞一个世纪的人的"食尚"——丁莲芳千张包子。一次,一位留学澳洲的朋友来看我老公,他听了我的推介后,一大早就独自上店,不由分说,单件、双件、丝粉、传统和海鲜各个品种"摆"了一道。端上来时才傻了眼,全是一个"面孔",这哪吃得下?赶紧招呼我们过去,我一看,差点笑破肚皮。

因为爱，因为记忆中的味蕾全由丁莲芳千张包子唤醒，写作时，我常常会情不自禁地把家乡的这道名小吃写入文学作品中。连载在《香港商报》上的小说《天涯玫瑰》，就直呼其名——"丁莲芳千张包子"。2009年出版的长篇小说《独身上路》一书中有一段描写，虚构的也是丁莲芳千张包子：

古老的小镇，晚上很静。百年老店——方莲鼎千张包子店不动窝，生意照常好。越儿一进入店堂就闻到了熟悉的香味，闻到香味就馋得直流口水。用眼睛扫荡了一遍，绝对错不了，五年一点改变也没有，调味品还是老三样——麻辣油、米醋、酱油。桌子、凳子还是那些个方桌子小圆凳，服务员还是那几张熟面孔，就连店堂里的摆设也是老样子。

越儿面前一共堆了3碗丝粉、6只千张包子。她说：要吃就吃个畅，免得老想着。

一碗碗淋上特制的麻辣油，慢慢嚼着、原汁原味入肚时，秦越儿这才找到了回家的感觉。

尽管文中没有直呼其名，湖州人都知道，书中描写的是2000年前丁莲芳千张包子店的情状。

融 情
Rong Qing

我常常念想：这么简单的一个丝粉千张包子小吃，要做到什么份上，才能传承百年千年？家传秘方传下来已是奇迹，代代不走样更是令人费解！

现已做成了国务院首批认定的"中华老字号"百年名小吃——丁莲芳千张包子，从几分、几角、几元一碗到十元开外一碗，"50后"爱吃的人都经历过。写这篇文章时，双件卖到了方言"吃"谐音的"7"元，我还是常常寻鲜而去，还是习惯去那个离老店近点的地儿。

50年渐变的味蕾，遇到的不管是私房菜还是厨房菜、个性化美食还是模式化美食，那碗丁莲芳千张包子的味道，依然是我的美食初恋。"丁莲芳"就是"丁莲芳"，初心不变，味道永远不变！

小吃就是小吃，也许没有沙发卡座给你大把时间与味蕾做伴，也许鲜得眉毛真要掉下来，权当是架在鼻梁上的眼镜掉下来，权当是文化禅意包含其中！

喜欢一样美食，有时就是这样无厘头！

丁莲芳千张包子，这个为湖城人长脸的小吃，传到第四代掌门人手中，似乎不仅仅是地盘越做越大了，门面越来越多了，而是丁莲芳的文化全盛年代已经到来！

我对这片土地依然深情

多久,没踏入仁舍公社先锋大队这片土地?一度以为此生将会掩埋于此,一晃,整整42年,我离开了,就再也没有回去过……

今年开春,通过微信平台,知青"老菜帮"们,一找一,一对俩,一个个在虚拟空间里相遇、问候……终于按捺不住相见的渴望心情,五月的一个艳阳天,20位相继插队在同一大队的"50后"知青,离开了黑土地40年后,在青山钓鱼台民国饭店相聚了。

青山钓鱼台不是入乡地,饭店主人朱荣贵却是落户先锋大队的老知青,是他向先锋"战壕"里的知青抛出了"橄榄枝"。这位曾在大型纪录片《壮别天涯》里扮演过蒋介石的朱荣贵,前几年,在湖州媒体红过一阵,称他是相貌最神似的特型演员。2015年,我与他有缘见过一面,竟然都没认出对方是一个大队里的知青。分别40年后,是他,建了知青微信群,将昔日的战友呼唤在了一起,首次在他的小小"领地",叙述喜怒哀乐的成长经历,致在先锋大队逝去的青春……别时,相约"六一"儿童节去故地——仁舍(晟

一 融 情

舍村）看看。

时间从不睡觉,"六一"神速而至。清晨,狂风暴雨的节奏敲打不停,窗外,白茫茫一片,望着溅起的水花,摸着受伤的脚踝,犹豫久久,眼前竟然闪过冒雨赤脚走在田埂上的画面,晃过电闪雷鸣、狂风冰雹,在桑树林遭遇"鬼打墙"的情境……

一大清早,思绪沿着青春梦的边缘滑行,渐行渐远。

离集合出发的时间越近,雨越大,就在这个点,求助无果,头脑里却有一首歌在召唤,必须前行。

一路行走,狂风撕扯着雨伞,雨水打湿了裤腿,不到300米的乘车集合地,扭拐着脚走了10多分钟,我也是醉了。

一路车行半小时,20位知青冒雨抵达当年插队落户的地方。那个叫仁舍公社的先锋大队地方已不复存在,改名叫晟舍村。昔日的大队干部,早已等候在村委会办公室。

近乡情更怯。我心想:插队在一个大队的知青,离别40年不曾相见过的人,容貌变了,走过、遇见难相认了,更不要说当年那些大队干部、生产队队长了。

然而,当先锋二队队长王发林站在眼前时,我一眼就认出来了,大叫:"你是发林队长?"他疑惑地问:"红云和小惠来了吗?"叫着我的名字,对面相见不相认!王队长,还是当年那个憨模样!

言语不多，总是用行动帮衬着生产队里的每一位知青。当然，知青们也一辈子记着他的好。

问候、唠嗑声一浪高过一浪，我将视线转向晟舍村支书闵锦水。记得插队时，她还是个漂亮的小丫头。那时，我与她姐姐闵水珠交往甚密，她姐是仁舍公社广播站的播音员。一次在公社开会，我意外受伤、后脑勺着地，不省人事，被抬进广播室，放倒在水珠的床上。事后，听人说我昏迷了几个小时，把水珠急坏了，又是掐人中，又是口含凉水喷我脸……苏醒后，我一直心存感激。1976年，水珠被推荐到浙江农业大学学习，第一次放寒假回乡，她请几位知青喝她家自酿的米酒，差点喝醉。我顶职回城后不久，还赶到晟舍闵家喝了水珠的喜酒。一别40年，各忙事业，两人再也没有欢聚过。每次见到水珠的妹妹锦水，知青往事徐徐飘过……

因缘所致，最近两年遇见锦水，都与晟舍人文盛事有关。一次是为了筹建凌濛初纪念馆，织里镇邀请10多位省市有关专家、学者座谈考证，她的发言至关重要；另一次是晟舍利济禅寺举行《晟舍利济禅寺志》创刊首发式，场面很大，有数百人，她登台说，《晟舍利济禅寺志》编纂成书，使千年古刹告别了有寺无志的历史……机缘巧合，在校看这部32万字的寺志时，对插队落户过的这片土地，尤其是这片土地上的人文历史产生了极大的兴趣。在查阅相关资料时发现：村支书闵锦水是闵氏后人，一套珍贵的家谱——《闵氏家谱》，通过锦水本人及各方努力，2014年终于印刷成册。据悉，

一 融 情

《闵氏家谱》共12册，记载着闵氏家族明清两朝荣辱盛衰的历史。还有一本《晟舍镇志》，为后人深入研究凌、闵两家的发展历史，提供了翔实的史料。

42年前，一艘大船将我和数百知青送入这片土地时，不知这里的人文底蕴如此深厚，更不知这里还出过大文学家和雕版印书家。后来看到史料记载才知：晟舍凌、闵两家是明清两朝名门望族，均为江南雕版印书名家。中国古典小说《初刻拍案惊奇》《二刻拍案惊奇》的作者凌濛初，竟然也是这方水土上的人。爱上写作的知青，能不为这片神奇的土地点赞吗？作为媒体人，对第二故乡的人文关注也是激情澎湃的！

别梦依稀，插队落户时，记得晟舍和织里是分开的。这次回晟舍两眼汪汪见老乡时被告知：15年前，晟舍村由晟舍、白鹤兜、水产三个行政村合并而成，属吴兴区织里镇。

如今，吴兴人都知道，这块热土肥得流油，难怪当年有知青返城后又重新入乡了。

曾几何时，安身立命的"知青小屋"不见了，用青春和汗水洒过的田野、村庄消失了，踏过的田埂、种过的粮田成了蜚声中外的中国·织里童装小镇……我生命中最青春的三年在此度过，曾两次差点命送黄泉，仍三番五次对晟舍文化寻根究底……因为，我对这片土地依然深情！

二 / 融 心

纯粹文学的结果、无处不在的激情,化作文字的最终归宿,应该是与人分享,而不是堆积在书橱里,或存放在硬盘中自我陶醉。

有本事文学一辈子

20世纪"50后"人,在学文化的年纪,没有电视、没有网络,与文学有关的是语文课本上少之又少的鲁迅小说、朱自清散文、高尔基叙事诗和郭沫若的诗歌。这四位至今仍被称为文化大家的作品,字里行间透露出的文学气息,深入骨髓般渗透心灵、激活细胞。为此,我喜欢上语文课,喜欢语文老师,喜欢写作文,渴望作文在课堂上被朗读。

我对文学爱的萌动,应该初始于中学时代,因为初中的班主任是语文老师,我至今记得郑老师给过我"媒体"的心跳:习作频频出现在校黑板报上,甚至将一首涂鸦式诗歌,用大字报的形式,张贴在骆驼桥堍的大字报棚里。高中的语文老师特别注重朗读,声音有磁性,抑扬顿挫,他在课堂上朗读的作文,提升了文字的内涵,仿佛那不是我的原创,让因为爱文学所以爱上朗读的我,一生受用。

记得"文革"中期,高中毕业"出征"边远农村,留守城市的哥哥已经有了"空手套白狼"的借书本领,用一本《红岩》借换

10本文学书籍来看,一般1天就得看完,把借来的书再借给别人……借来借去,看得快还得也快,还是不够看。于是,便到对河收废品店门前"守株待兔",等待那些"摘帽右派"或不敢藏书的"臭老九"来卖书,本来1分钱论斤卖,我们1分钱论本买,对方当然很爽快地就卖了。有一次,一位戴眼镜的长者,见我们都是年轻人,又是三四个人一伙,一个劲地摇手说:"不行,不行,你们太年轻,读不了这样文学的书。"我记得,是我挡在他面前大胆地说:"老师,我们是高中毕业生,我还有两个月就要去边远农村插队落户了,5月15日开船走,只想多带点书去乡下看。"这一次,因为我的坚持和诚恳,1角钱买了一捆(10本)文学书,印象最深的是一本外国小说《邦斯舅舅》,当然还有《上尉的女儿》《钢铁是怎样炼成的》等苏联文学作品,没有封面封底的中国古典文学名著《水浒传》《红楼梦》等。

那年代,手头只要有10本神秘、刺激的外国文学书籍,你就是这个巷子里的文学老大!当年,我哥便是。一时,天天有人胳肢窝夹着一本书进出我家,熬夜挑灯偷读文学书籍,成了我和我哥与父母捉迷藏的智慧战。那一年,是1974年。

两年多的知青生涯,偏偏经历3个夏收夏种。这种热昏头、累断腰的季节,除了吃饭睡觉,18个小时都在田里抢收抢种。帮工的哥哥却在这样难熬的日子里,每晚用口述文学的方式,硬生生将累了一天的庄稼汉诱惑在一条通风的巷子里,听他讲章回故事。累得半死的我每每隔着漏风的墙壁伴着"……请听下回分解"的声音入睡。我想:"哥哥因为文学阅读所以会讲故事,而这种文学形式竟然可以让劳动者解乏,瞬间成为他们生活中渴望的乐事。"

文学这么神奇,让人总想探个究竟。雨雪不能出工的日子,窝在床上如饥似渴地阅读文学作品,成了我知青人生的补药。小说,想说爱你很容易。小说主人公的命运,在苦难、伤逝、缠绵、暧昧、勇敢、割舍、追求、期盼中"脱胎换骨",死亡或者涅槃!就这样,在阅读中被文学诱惑、俘虏,常常处于一种超乎生命的激情状态。文学美如斯!

文学名著渐渐解禁的1977年,托老爸的福,我已顶职回城。因为爱文学所以爱上朗读的我,侥幸顶上了空缺的播音岗位,也算是一个文化职业,又燃文学烈火。那时我的工资很低,学徒3年,每月只有16元,几乎全部买了解禁的中外文学名著。新出的外国文学名著《复活》《红与黑》《简·爱》《安娜·卡列尼娜》《飘》《茶花女》《荆棘鸟》《呼啸山庄》等,都是同行一次次提供消息,我一次次去新华书店排队(隔夜放一块石头作为"人质"这样的事也做过)购得的,然后爱不释手,饥不择食,最后"生吞活剥"……真没想到,文学的渗透力是这般奇妙而又如此强势!我的人生因为文学阅读出现了拐点。我目光短浅地放弃了恢复高考的转运时机,为的是在时间充裕的状态下,能够专一阅读我喜爱的文学作品。

那时的年轻人,看书不看书,相当于现在微博不微博;观影不

二 融 心

Rong Xin

观影，读碟不读碟。你自己先文学了，才能进入文学圈；你被文学升华了，才会被别人尊敬。不知为何，我们年轻时，时间特别多，生活的至高乐趣似乎都在文学里。文学，如影相随……

因为买书读书和文化职业，认识了一帮文学愤青，因为阅读所以文学，因为文学所以激情，因为激情所以写作。20世纪80年代初期，阅读快感的密道一打开，与文学激情的通道——写作，便成了自然而然的人生选择。我无厘头地爱上了小说写作，一根筋地把自己"埋葬"在文学里，甚至口出稚言："为了文学写作，坚持晚婚，坚决不育（丁克家庭）。"我差点为了文学没了后代。

小说写作，想说爱你不容易。开始学习小说创作，我才发现仅有激情是不够的，一定要有生活积淀。我以知青生活体验虚构的两篇小说《寡妇滩》《圆房》，几乎用尽了所有的想象力，创作的源泉一下子就枯竭了。我的人生因为文学写作又出现了一个拐点。

恰逢文化复苏，遇上了"夜大"（两年）中文专业恶补、"电大"（三年）汉语言文学系统学习的机会，凭借大专文凭和在省内外发表文学作品的实力，担纲起与写作有关的工作——新闻记者。十年中，在"每天都是新的"现实生活和写作状态中，积累了宝贵的文学财富（生活源泉），为日后跨媒体工作积累了丰厚的写作资本。

我年轻时以为记者是世界上最好的职业。到底好在哪里，很懵懂，只知道记者即写作者，离文学很近，自己到底要什么，说不清，便放弃了许多机遇和诱惑,坐在写字台前,爬爬格子、按按键盘、飙飙激情……倒也随性自在。文学与艺术一样都是慢慢结果的事业。纯粹文学的结果是不惑之年才换来了跨媒体的心跳,因为这一跨,离文学明显近了,而此时的文学现状已经糟糕透顶,写手比读者多,不文学能活、纯文学难活、网络文学侥幸活!即便这样,我还是选择更贴近文学的纸质媒体,纸媒有我年轻时不为人知的梦想:无处不在的激情化作文字的最终归宿应该是与人分享,而不是堆积在书橱里或存放在硬盘中自我陶醉。

半个世纪以来,到底是我选择了文学,还是文学选择了我?已懒得考证。明知文学已不能带来物质快感,而且早已使我失去很多,还将失去更多,依旧痴心不改。以为从广电跨入纸质媒体,离文学近了,离梦想近了,可偏偏成了宿命!

现实了不浪漫了,浪漫了文学了,文学了宿命了;宿命了尖叫:文学, 你动了我的人生,此生将文学一辈子。

二 融 心

Rong Xin

在第三个岔路口顿悟

三月江南,乍暖还寒。坐在北归火车上的他,望着窗外飘移的树木,依然沉浸在众目睽睽之下的相拥怀抱里,如在云端。

特别孤独的人,在对的时间里遇见对的人,是会用自己的生命惺惺相惜的。信,或者不信;见,或者不见——已经不那么重要了。缺爱的人,渴望被爱的人,一定信,也想见。而我,遇见过这样的人,铁定信,也渴望遇上这样的人。再见,或者不再见,都会想念。

耳听为虚,眼见为实。他:

第一次有目的地去江南识人,南北有别,水土不服,走入第一个岔路口,一头雾水地逃回北方。

第二次被师兄请去江南助人,人心渐变,意愿转移,误入第二个岔路口,不知所措地打道回府。

第三次深情款款地邀约聚首,此心如如,默然欢喜,只能在第三个岔路口拥抱告别,恋恋不舍地北归……

他，似乎又回归空无的内心，百无聊赖。在孤独的日子里继续着孤独，只有在与她的闺蜜电聊时，才获得些许慰藉。

（一）

那些日子，江南阴雨。

最后一次在江南火车站告别时，他的精神很倦，内心升腾起一股平静的悲壮。

因长期窝在旅店缺少阳光，他的眼球很涩。他说：那么多人来送，又不能以泪润珠，怕碰出一段说不清是喜还是忧的情感插曲；想默默地离开不与人告别，腿又如灌了铅似地迈不开。

他真的不想走，他想留在这生命中第二个女人的故乡，静静地为她祈祷，不论面对的是她漫不经心的神情，还是永不满足的欲望，依然激情万丈地等待被"接"见。他想永久停留在情味十足的江南水乡，近距离地为对方助力、遥控关爱、付出真心，哪怕对方毫无觉察，或早已感觉不到……

不管是不是对方最终想要的，他也会竭尽全力，直到生命轮回。

不管这是不是符合一个北方独身男人的举止。

因为美好、温暖，所以与沉迷、欲望无关。

只是顺其自然地走到了第三个岔路口，他才顿悟。

（二）

一天一夜的火车，他独自品味着苦咖啡，一种切切的情思窝心难眠。

久违的江南，让人神魂颠倒的文化历史名镇，小住三天，就让他难以割舍。

小别后不到半年，他又带着怀旧的心情，走进底蕴丰厚、温暖亲切的水乡菰镇，走近柔情似水、才华横溢的女人。他的心，好像吸入了情蜜素，突然像是被雨露滋润起来似的，对江南小镇的爱，也似枝头的绿一样慢慢涸开。

春天，开枝散叶的江南美成一尊佛。江南小镇的温情和浪漫，时时撞击着孤独者的内心情怀，开始沿着深深掩藏着痛苦与荣耀的"游子"的足迹，去领略南方灵性女性赐予北方孤独男性那片低矮的天空，哪怕低到尘埃里，也心甘情愿。

生命中从未遇见过这样的好女子——热情、主动、善良、大方，美丽、聪明,始料不及的是事业上还小有成就,朋友一握一大把,都愿意围着她转!

遇见的那一刻,他说:我没有工作没有闲钱,不过,我愿意拿出所有积蓄全部温暖给予,让她每时每刻都感觉快乐。她快乐了我就快乐了。钱生来就是让人快乐的,男人的钱给喜欢的女人花更快乐。难道不是吗?

这样的表达,让我笑到肾爆!

一直冒傻气的他,这样想这样说立马这样做了,结果,还是回到了原点。

回忆一如过山车般颠来荡去……

(三)

孤独的时候,他常常会想起第一次涉足江南,特别难忘。在那个岔路口,没有他认识的人,唯一认识的师兄,临时有挣钱的活,脱不了身没来陪同。一周时间,相继见到了一个排的人,几乎都是女人,在他看来,江南女人的脸上似乎都写着福气,嘴里含着怨气,心里冒着傲气,骨子里却藏着才气。

二 融 心

她们的笑声离他很远，她们的妙语离他很近，她们所有的气息似乎都与他无关，她们谁也没把北方汉子当"一盆菜"。她们开心的时候高谈阔论把他当"开心果"，生气的时候疾恶如仇把他当"智多星"。在北方男人眼里，40多岁的女人犹如一头挤不出奶的奶牛，可她们生气的样子竟像发情的公牛。这些人中，性情最烈的是她，被他昵称为"小辣椒"的月琴。月光下的琴声，就是不懂音乐的人，也会深入其境，觉得如天籁般神妙。一旦她言辞激烈，他便忍不住提醒："生气是拿别人的缺点折磨自己，不要自寻烦恼。"这时，也只有在这时，所有的目光才聚焦到一起，月琴的眼光特别柔情，一闪而过，温暖永驻。

从那一刻起，他就常常犯傻，傻得找不到自我，傻得不想北归。

半年后，也就在那温柔的眼光时隐时现时，她打来了应景电话，问候节日快乐。与此同时，兄弟般的男友发出了求助短信，让他快来江南。他无法拒绝二上江南水乡的邀请，一路上，重拾对她的美好记忆、善良情怀。

记忆储存的都是美好的。她的内在气质和外在条件都无可挑剔，尤其为人，更是善解人意慈悲为怀。在车上，他什么都想到了，就是没有想到日后会与她聚到一头雾水的地步。

（四）

第二次南下，所有发生的事，似乎都是以男女故事的形式内存，而他竟然是故事的男主人公。故事的发生，以她的梦境显现；故事的发展，也是以她的意志为转移的。他唯有走一步算一步，能走多远走多远，一切顺其自然。

此时的他已活过半个世纪，经风雨见世面大起大落数次。现在家庭简单、生活平静，定心定力，没什么奢望。他的全部，就是有了一个独处寂静的环境和一颗平平常常的闲心。

他在我的眼里：而立之年愿望起伏。面对现实进行弄潮的训练，不惑之年欲念平静不再贪恋感官的愉悦，知天命之年也就是当下，觉知生命的全部意义之后，他以为再也不会为了情感与人发生僵持与不快，更不会被人为设置的"重色轻友"的高墙困住。

就是这个月琴，彻底改变了他、动摇了他、撕碎了他，把他完完全全推入了一个陌生的情愫境地。于是，便有了相思：

二 融 心

Rong Xin

相思的滋味苦涩酸甜，

相思的感觉铺天盖地，

相思是压抑，是惊悸，是圆缺。

寂寞的时候，时间在咀嚼着夜的碎片，天生孤独的他处在永远的等待之中。

因为相思……所以长夜也为他无眠。而他，却永不疲倦！

他不知道也无法预知彼此的相吸、相思、相望，何日是尽头……

尽头是福还是祸？谁能告诉他？

也许，迷失方向的他，已经在这第三个岔路口开悟，不再犹豫，不再回向，不再来此，继续一路向北……

他真的在第三个岔路口顿悟了吗？谁知道呢？

二 融 心

Rong Xin

我生命中最青春的三年

18岁，在仁舍（晟舍）插队落户。那点事，一晃，40多年。

即将活过一个甲子，知青人生又被扯来扯去。其实，这段历史就是一辈子不被提及，也不会白白带进坟墓里。在失落的这代人中，我们"50后"是折腾的、悲催的，不幸成了末代知青；也是坚韧的、顽强的，幸运的是，我遇上了大返城。

一杯愁绪，40年后端出来，只为了见证，因为湖州有了知青博物馆，我们是知青历史的见证人。

我们这代人，生错了时代，错就错在最好的年龄段，被早早地剥夺了学知识的权利。学龄时，没好好念书，小学四年级，"文革"来了，上街游行跳"忠字舞"，没时间上文化课；初中两年，不是学工就是学农，师生间还胡写大字报，没好好学文化知识；高中两年，其中一年，还是在施家桥学农分校度过的，没掌握多少文化知识。在记忆力最好的年龄，内存的只有停课"闹"革命，人生必须要吃的苦，也提前"苦"在了学文化知识的年纪。

不知哪片云会下雨

1974年冬天,高中毕业后,我毫无怨言地决定去农村插队,只有我的户口入乡了,同年高中毕业的哥哥才能留城。那一年,实足年龄不到18岁。初春,我和高中三位女生结伴,去了杭州和上海,游了西湖看了外滩,心中充满了美梦。五四青年节(抑或5月15日),我怀揣梦想和抱负,打起背包,在四位初高中女生的陪伴下,从湖州轮船码头集体出发,在运河里欢腾了2小时后,我乘坐的那艘船,停靠在了一个叫"旧馆"的轮船码头。从此,一个18岁花季少女的命运,与一个叫"仁舍"的村庄结缘,一头栽进了第二生产队的庄稼地里,风里来雨里去,田里来地里去……

5月的乡村,满目绿色,恰是一年中农活最忙最累的季节。第二天,我就赤脚走在田埂上,下田劳动了。耘田摸草、拔秧、插秧、挑秧、割麦、打稻、采桑、养蚕、卖茧、晒谷、锄草、垦田、种油菜、打药水、割草沤肥、拾鸡屎、撒猪羊肥……一年四季,脸朝泥土背朝天,轮回干着这些农活,不知哪天是个头,只知道,想让贫下中农推荐我上大学,就要好好表现,干活就不能挑精拣肥,这是必需的。在这必须干的农活中,最害怕的是用手撒猪羊肥,跳进猪羊棚里扒粪只是味重,撒肥就不仅仅只是味重恶心了,全身起鸡皮疙瘩不说,掰开肥草撒过粪的手,就是用肥皂洗破了皮,也得臭上3天,手端饭碗就恶心;最不想干的活是养蚕,缺觉不说,还得从蚕堆里挑出病蚕,用手捉蚕,湿嗒嗒、软绵绵的,直打嗝,想用筷子拣蚕,怕农民说我娇气,只得用两个手指将不长的僵蚕、吐液的黄蚕挑出来;最恶心的活是在刚撒过新鲜人粪的秧田里耘田摸草,

二 融 心

Rong Xin

第一次，直接就吐了；最累最险的活是挑河泥，赤脚走过一块架在船头的跳板，跳板又窄又滑，板下是河，担子越挑越重，两腿只打哆嗦，恨不得假装掉进河里，可惜天太冷，害怕生病。第二天，肩不能扛锄头，腿迈不开步子，幸亏这样的活儿，只有在缺男劳力时，才临时顶替一下。可以说，在农村不到3年，什么农活都干过，连偷粪这样的险活，我都站过岗、放过哨。除了摇船、捻河泥不让干，什么脏活、累活还真难不倒我。当然，学摇船有点难，橹吊总是滑脱，捻河泥只是装装样子，好玩。造房和摇船一样，是不让女人干的活，我却偏偏参与了垒知青屋，学会了抛砖、接砖、砌砖、打墙……寒冬腊月，愣是将一双嫩手"糙"成鹅掌风。当然，穿过村庄被狗追咬、走过坟头看见双头蛇吐信、狂风暴雨路遇"鬼打墙"、双腿被蚂蟥叮成"赤豆粽子"、脚丫糜烂难以行走、指甲缝里凸脓包痛不欲生、刺毛虫掉进胸口吓出心脏病、毒蚊叮在不该叮的地方奇痒难忍……当年这些亲身经历的细节和情节，记忆感很强烈，现在拿来当小说素材，只需稍加裁剪或重组，便够戏份。

不知为什么，我生命中最青春的三年，总觉得在仁舍过得好慢，特别是入乡第二年，新鲜感一过，感觉生活的节奏特别的慢。农忙，庄稼活周而复始，吃不好睡不足；农闲，知青屋人来人往，静不下心看书。漫漫长夜，何日才是头，出头的梦就是——梦想着和贫下中农打成一片，做满两年，等待推荐上大学的机会。为了这个，双抢期间，农活再苦、再累都不歇一天，天天出工。1975年全年下来，工分挣得居然比全劳力妇女还多，除了雨天不出工时，知青开会记工分的缘故。这年还评了妇女全劳力 7 分——我仗着年少时曾是嘉兴地区篮球队右锋，苦练过篮球，喜欢排球、乒乓球、冬游、跳高、投铅球等体育运动，虽是三脚猫水平，却练就了好体魄。这年，在轧村举办的首届吴兴县农民篮球比赛中，仁舍女子队还获得了冠军，好争脸哦！

想不到，插队落户第三年——1976 年正月半过完，小队开全体社员代表大会，每户人家派一个代表，无记名投票选生产队长、妇女队长和会计，结果，特别没数字感的我竟被选中当生产队会计。百般推辞不成，硬着头皮上任：与干了大半辈子的老会计盘账、造账册、分口粮、配物资、记工分、打算盘……工作交接的过程中，我终于明白：他们为什么会选一位知青来担任会计，老会计被撤职为什么会如此抵触，生产队会计的位置到底有多重要。这些也是自己当了会计后才慢慢悟到的。大锅饭时代，手握"吃穿用"实权的重要责任是：分配物资必须大公无私，还要一碗水端平，计算工分必须精准无误，否则让你吃不了兜着走。

在仁舍插队那些年，有两次我的小命还真差点"挂"了。第一次是 1974 年秋天，公社开全体知青大会，下午，公社操场上乌泱泱一片，我看不见台上坐的人，便学着别人样，站在了一根水泥涵管上，想看清楚说话的人。没想到，站上去没几分钟，不知哪个捣蛋鬼，对着涵管腰部猛踹一脚，我往后一仰，后脑勺着地，立马不省人事，被抬进公社广播站，放在了播音员闵水珠的床上，昏迷不

二 融 心

醒，呼叫不应，一直到天黑了，才慢慢醒来，把别人吓出了魂灵头，自己却什么也想不起来……从此，再也记不住6个音节以上的外国作家名字。第二次惊魂，清楚地记得是1976年"双抢"结束那天，插友父亲煤矿的车从上海回转，路过仁舍，问我们要不要回家一趟，见有便车可搭，就跳上了货车的后座。谁知，途经升山，汽车方向盘突然失灵，货车像脱了缰绳的野马奔来奔去，车身被甩来甩去，我和插友乘坐在放满硫酸桶的车厢内，身体撞到左桶又撞向右桶，那可是装满了液体硫酸的塑料桶啊！我使出吃奶的力气，拼命地抓牢车内手把，刹那间，感觉死亡已经逼来……旋即，咚的一声剧烈撞击，我整个人腾跳起来，魂已出窍……车撞上了一棵大树，终于停了。跳车一看，眼前翻倒一片人，哭天喊地声中，有不少人从茭白荡里爬起来，杀过来……

正在大树下歇息的是一个村庄的农民,面对突然奔来的"铁马"，他们猝不及防，死亡一人，重伤十多人，轻伤无数，驾驶员弃车而逃，而我却大难不死，带回一箱在乡下来不及细读的书，好运就悄悄来了……

一个人对一尊铁佛的观想

门口有一团蓬松的绿,软软地浮在烟霭似的春雨里。每逢雨季,这株老棕榈树的叶片儿,总是这样托起一蓬绿荫,给人以朦胧之惑。

我对一尊佛的观想,也是这般朦胧而又执着。

年少春游时,第一次路过隐在城中的寺院,对紧闭门内的一切充满好奇。许是少女心不堪家门口单调的土色,终于,在一个雨天,挖来了一棵小棕榈树苗,将一缕在铁佛寺断瓦颓垣间的绿色,诚惶诚恐地移到了门口。

如今,它总算是绿荫如盖了。而这株小棕榈树的出生之地——铁佛寺,在受尽劫难后,也早已被修缮一新,显得饶有韵致了。

记得1976年8月,我从农村回归城市,兴冲冲二上湖州铁佛寺去。那天,刚下过一场阵雨,新漆的赤红色围墙挂满了风痕雨斑,两扇寺门依然关闭着,隐约传出一阵劈木敲砖的响声。

寺院正在休整,自然是不迎客的,立在掩闭的寺门前,能发什

二 融心

么感叹呢？搜尽了"诗肠"，只觉得"雾失楼台"一句，似乎唯有这雨后的迷雾，方能抚慰我的遗憾之心。

然而，我家门口的这株棕榈树，倒也让我急于寻访铁佛寺的拳拳之心平静了下来。它，悄悄地生长着，好像全没有回归出生之地的焦灼。既然是这样，我急什么呢？等吧。也许到了棕榈又添年轮的时候，便可心想事成了。

为了这一天，我竟然追溯起有关铁佛寺的历史渊源来。果真是"佛海无边"啊！谁能想象出，这座偃伏在菰城湖州西隅的寺院，断了续，续了断，断了又续的香火，竟袅绕了1200多个年头。

20世纪80年代初期，我去了当时设在人民公园内的湖州博物馆，查看了许多资料，也请教了博览群书的老哥，才依稀理出点头绪，将感兴趣的可用资料、口口相传的记载，用笔整理记录在案：

公元744年，东渡受戒的鉴真大和尚讲学途经湖州，在开元寺（铁佛寺初名）敲响了法鼓梵钟，四方佛门子弟云涌而来，连唐代湖州籍草书大家高闲也在此皈依了，使得日本僧人鉴真大师心动神驰，立言要在这寺中标佛门之新，铸造出当朝第一尊铁观音！愿望终归实现。不久，一尊神韵飞扬的铁佛站立在莲台之中了。

然而，到了元末，兵火无情，殿宇皆成灰烬，仅留铁观音隔在沙尘里隐度岁月。明初，僧人墨壁又重建寺院，再铸铁佛三尊：释迦牟尼、文殊、普贤，遂改名为铁佛禅寺。到了清代同治年间，寺殿又毁，直到光绪年间方得以修葺，恢宏之貌依然如故。可是，在"文革"中铁佛惨遭毁灭，铁佛寺又遭破坏，名扬四海的铁观音也不知去向了……

那年的春汛来得早，惊蛰一过，淅淅沥沥地下了几场透雨，江南便暖意袭人了。望着门前绿影重重的棕榈树，耳旁不时响起老辈文人说的话：湖州有"纸圣、铜钟、铁观音"三大稀世文物，随着岁月动荡，纸圣早已销声匿迹，铜钟也因天宁寺遭毁而无家可归，唯有铁观音幸存了下来……

紧闭了近20年的铁佛禅寺，终于对外开放了。那年我20岁刚出头，已在当地一家新闻媒体工作。

不知纸圣为何物，不见铁佛、铜钟啥模样的文艺青年，再也按捺不住惆怅而又希冀的心绪，决计要去看看这座整饰后的铁佛寺，过眼一拜那尊念想久久的铁观音，开始我的文学写作。

正巧，又逢雨缕飘晃的天气。

雨，自然还是下的好。老远看，一张透明的雾纱轻覆在古刹的悬梁跳角上，当跨进照壁门楣，只觉这雾纱又漫卷而下，几乎可以收拢在手。

门虚掩着，轻轻一推，开了。寺院门内，见一方天井，鹅卵石小径被雨洗得铿亮铿亮。早春时节的草，还像藓苔似的，才萌起薄薄的绿意，贴在小径的花圃旁。丛丛修竹，筛落了雨点儿，绿得晃人眼睛。就在这幽绿中，四块浑朴、精美的南宋柱楚石雕，卧伏在亮亮的水光里，那上面镌刻的图案虽已模糊，细辨之下，却是清晰的，或凤或龙，或蛟或雀，大可任人揣测。相映成趣的是，石雕之侧居然有一口明朝宣德年间挖掘的井洞，探头往井底望去，海蓝色的，凉飕飕地涌上一股水汽。据说，这井水在夏天的时候，沿一沟小石渠流入后院僧厨，从而破了"三个和尚没水吃"的古来说法。

走进天井，迎面一座疏朗的大雄宝殿，跨入殿内，雨声骤断，只见十多位襟前挂着"佛教访华团"的日本僧人双手合十，神态肃然地仰望一尊观音菩萨。

陪同人员向游人介绍说："这就是按照鉴真大师的宏愿铸成的铁观音！"

"啊——"日本友人惊呆了。

当时的住持——恒森和尚意味深长地对我说："得一铁观音不容易，而它能经历种种磨难幸存下来更是不易，'文革'中被不懂事的'小将'推倒，掩埋在垃圾丛中，才幸免于难。俗话说，大难不死，必有后福啊！"

我也惊呆了！家门前那团棕榈的绿，又在我面前流动起来，缓缓地向眼前的这尊观音菩萨浮去……

铁观音呵——您果真是历经劫难的慈悲的象征啊！在盛开的莲花上，您两米多高的身姿飘然站起，舒展的衣袖里似乎拂动着缕缕清风,给人温馨的肌肤之香;您含笑的眉角眼梢,流连着脉脉之情,低垂的目光,把人撩拨得心都醉了!不,您微微上翘的嘴角,却是持重的,持重得叫人起敬。或许,您正思索着什么心迹的袒露吧?抑或您没在思索,而想让一个古老的梦悄悄逗留在上边?

那时,我还没受过佛教思想的熏染,在心底里,没将这尊铁观音当作普渡众生的"神"。可是,当我站在这莲花座前,挤在旁观者的人丛中,第一次看到铁观音时,一种近乎飘然欲仙的感觉却漫上心来。是啊,在现实生活中,人的心不仅要有宗教的浸濡,倘若除此以外,还能获得赏心悦目的艺术美的享受,心的活力将更为旺健!眼前的这座铁观音佛像,虽是人们古远的崇尚之物,但如今以美的形式站在人们的面前时,其本身的意义不是发生变化了吗?它是另类艺术美,是美的化身!它的美简直和棕榈树的绿那样,给人以情的遐思、美的观想。

带着这种遐思和观想走出正殿的大门时,我的脚步是留恋的。但,当我一眼望见殿后的古建筑时,脚步却又加快了。后院里,序立着两排"绘"有天然藻饰的偏殿,两垛由近百块乌程县明代儒学残碑砌成的半墙,夹峙其间。半墙边,矗立着四幢唐代经幢,距今也有1100多年了。最高的竟有3米,直径为70厘米。这些经幢,模仿了亭阁的建筑形式,浮雕极为精致。

走过经幢进入偏殿,发现偏殿已成小小文物馆,因战火不绝而屡失屡得的日本铜钟,就移居其内。东汉的泥俑、宋朝的军印、元

二 融 心

代大书法家赵孟頫的碑文拓片、明初文豪刘伯温（刘基）撰书的墓志及近代著名金石书画家吴昌硕的文房用具等，一一陈列在文物馆橱窗内，吸引着中外游人的眼球。

不觉间，只听得瓦背上一阵击钹之声，我猜想雨又大了。跨出殿外，果然，密密的雨网已经撒开。那高高的飞檐上，雨水溅起，"落盘"珍珠似地弹跳起白花花一片。望着此景，我的眼也被雨水润湿了。心想，铁佛寺梵钟的鸣响，早已融入历史的尘烟之中而归于沉寂了，那就让梵钟冥然、佛圣永归吧！

如今的铁佛寺，自 2011 年 7 月 17 日西厢房上梁之后，昼有观者之浩叹，夜有修篁之摇影，真正成了城中一处探胜结缘之地，而一个人对一尊铁观音的观想，犹如每年的春雨，飘在铁佛寺的飞檐上，飘在老家院门口的那株棕榈树上……

走过一个甲子，从年轻时遇见恒森和尚，到花甲时遇见智根法师，一次次与铁佛寺结缘。直到中秋月光，诗情洒在铁佛寺飞檐上的那一刻，我似乎才有觉悟：如果说，铁佛寺里的观自在是不朽的，那么此刻，作为观音文化研究会的一员，我们在铁佛寺里朗诵自己创作的佛诗禅曲，就是大自在……

曾经以为，诗歌是一种心灵的超越、为人格局的超越。现在依然觉得：朗诵诗歌佛词，使人菩提增长，心纯面善，心灵的道场会更慈悲。

遇见生命中的缘

第一次缘见师父——明学大和尚是在 2008 年的夏天。

清楚记得,这一年,世间风尘将我吹到了人生的岔路口。从小遵循"不给别人添麻烦"的家训,知天命后,频频遭遇人生大麻烦。内心坚守的净土被染,纯粹的念头被断,原本与世无争的心开始动摇……生命底色的纠结,使得烦躁的心疼痛不止,无处安放,比之 2005 年筇竹寺一周的叩拜修行体验,更加渴望清心养性,坚守初心,向往灵修。

一次茶聊,有居士问:想不想去灵岩山寺叩拜师父?

当然!郁闷了 N 年的心怦然,我头点得像鸡啄米。

早在 20 世纪 80 年代,就听闻灵岩山寺的住持——明学法师是湖州人,湖州中学毕业,很稀奇。之后,师父的生平略闻一二,随母拜佛,少年得疾,病愈出家,"文革"下到果园;师父的故事略知二三,"惜福之至"与"修持严谨"的生活细节令人起敬;

二 融 心

师父的书法见过三五,用笔简净,笔端纯粹、恬淡纯真,朴素精神刻骨铭心;师父的佛学造诣、佛学精神,亲切和缓,抚心慰灵,像春风一样,引领着万千信众向善拜佛。

十年来,采访师父的文章偶有读到,作家、同行近距离采访师父的文章(至少有三篇大作),由我经手刊登在家乡的晚报上,令我羡慕和敬仰交加,还被文中的一个情节吸引,入心难忘。说的是,当地媒体拍了一部灵岩山寺的风光片,请师父审看,一起看片的人都以为闭着眼的师父睡着了,又不忍心叫醒年事已高的老人家,谁知两个多小时的片子一放完,师父便睁开眼,发出地道的湖州乡音:片子蛮好,就是少了念佛堂的镜头,灵岩道场,念佛第一……从那以后,就一直很好奇这个细节。

敬仰之心已然,却久久未遇与师父谋面的缘分。

机缘,伴着清风来,我怀揣这样的情结去叩拜师父,夏日如三月春风般和煦。

2008年6月8日,农历五月初五八时许,两车人从湖城结伴,赶往苏州木渎灵岩山寺。明学法师侄儿的车在前引路,一路顺风顺水,大家各怀各的心事和祈愿,心情好好。记得从湖州出发时,下着小雨,空气湿润,驱车一小时十五分钟,到达灵岩山脚下,天空突然放晴,雨后的天气变得清新。

一进入灵岩山境内,满眼绿色,只觉轻风扑面,心清气爽,行色匆匆的我们，一样景致别样心情。那些有着春秋传奇的人文遗迹，文人墨客抒怀的千古诗文，随心过眼，顾不上寻寻觅觅。同行叩拜者，个个脚步轻盈。在通向灵岩山寺的御道上，偶见信众跪地前行，而我们脚步匆匆，只为早点叩见师父。

就这样，怀揣一颗虔诚的心，一鼓作气爬山25分钟，穿过小径，走近神圣的灵岩山寺。没想到，久仰的明学大和尚，竟然在寺院门口迎接家乡来客。我真的没想到啊！一代高僧大德竟如此平易近人，没有一丝架子。

那年，师父86岁。

走入客厅，走近师父，不用寒暄，心已在云端……师父一袭深褐色僧服，清瘦的面容尽显慈祥，平和平静得让人起敬。师父清心话少，面对信众唯有佛珠转动，最合不会说话的吾心。随缘叩拜师父的那刻，南无阿弥陀佛的梵音绕梁……吾心虔诚如梦：有求必应，佛光普照，消除业障，菩提增长。

我早知，人们对师父的敬仰缘于师父内心的强大。师父道范宏深、慈悲为怀、朴实谦逊、潜心念佛……这些不胜枚举的优秀品格，一直被业界颂扬。师父对中国佛教事业的功德，早已载入史册。

如今，有缘和师父一起围桌用餐，不客套、不用寒暄，不剩一粒米饭，吃光桌上食材。我们要求一一合影，有人求字，有人参观居室，师父有求必应。在我看来，如此高僧，却有着慈父般的温情。

二 融 心

叩拜师父后,车里的四姐妹——仁和、仁嘉、仁喜、仁吉,由仁嘉开车,一路欢声笑语,在苏州的地盘上多绕了一个多小时,依然开心如初,笑得灿烂,想必师妹们都获得了心灵的点悟,有了各自的心得,心通畅了。

有人曾追问我对佛学产生兴趣的原因。要说佛学影响我、浸润心的原因,还真说不清道不明,除了缘见过佛学造诣很深的高僧,天南地北没日没夜地采访记录过高人,主要还是早年阅读了有关李叔同的人生轶事。21世纪初,我认真听了央视《百家讲坛》钱文忠教授关于佛陀、佛学的公共课,甚至还购买了他的《天竺与佛陀》,一本深奥难学的佛学专业书籍。

文学艺术家们提到的李叔同,就是现代历史上不停有人研究的弘一法师。令人费解的是,李叔同如此风流倜傥、才华横溢,在文艺领域才情依依、造诣颇深,正当壮年的他,何以会突然出家了呢?年轻时读过丰子恺《怀李叔同先生》的溢美之文,更加困惑。其实,这个一直困惑研究者们的问题,也是佛教界、文艺界至今一直索解的问题。

有了困惑、好奇,便想索解这个问题,以致每每遇见特别有文化底蕴的僧人,一旦有缘对上话了,哪怕连蕅益大师是何朝代的高僧都记不清了,也总会一一追着问:"您为什么会想到出家呢?"其实,就是一根筋地想探究:好好地出生在显赫的家庭,好好地读你的大学,好好地做你的学问,好好地干你不错的事业,好好地有一个美满家庭……怎么突然想出家就出家了呢?是不是哪根筋突然崩断就会出家?仿佛也想崩断!

明知很冒昧,却不管不顾地一直问;明知对方所有的回答都得靠自己悟,还是追着问。好在当时有记者、作家的职业身份,初生牛犊不怕虎,幼稚加执着地追问,也没遭冷遇和白眼。对佛学的启蒙,是缘分,是阅读和上课、听经和守律,纯粹加善念,心诚则灵,才会遇上佛缘。

一次叩拜,在苏州灵岩山寺,便有了以后的N次缘见,在江南家乡的土地上。遇见也好,追随也罢,我在现场,一次次被师父"有求必应"的善行所感动。

2015年5月9日,在织里利济禅寺,师父出现在《晟舍利济禅寺志》首发式上,并登台称赞此书:为后代用志存史,为外人了解利济寺及湖州打开了一扇"文化之窗",为地方的社会稳定和文化建设做出了贡献。这是我第一次聆听师父通过麦克风传出的声音,而且是在我曾经插队落户的土地上。那刻,在我听来,师父的声音特别亲切、清晰、有力。

令人难忘的遇见是2015年4月15日,师父在他的出生地湖州衣裳街,不顾年事已高、腿脚不便,被扶登德泰恒二楼寻根,为家乡人民的健康祈福。在场的每个人都想与师父合影,祈求健康。那时,当地作家将自己写的《无一诗集》递到了师父手中,师父接过

二 融心

书慈祥地翻看着,当对方冒昧地要求合影时,师父竟然不烦做举手之劳事,双手将书捧在胸前,封面朝外对着镜头,任由拍摄。每每翻看师兄妙德拍下的这些照片,总有一股暖流在心中涌动。师父真的是我见过的最慈祥的大和尚,有求必应。那天下午,所有在德泰恒参加寻根活动的人,都满意地与师父合了影,一直到晚饭时分才散场。

2014年4月2日,乍暖还寒,师父身披红色袈裟,出现在仁王护国禅寺奠基庆典上……如此有求必应的事很多。每每在现场遇见师父,内心都很感慨:师父如此高龄,为了家乡百姓,不顾旅途颠簸,勤于礼服,真不愧是出家人的楷模。

缘分真的很神奇。缘见师父,感觉更是一种生命的馈赠。师父在时,一次次渴望面对面深入采访,终由种种原因未能如愿。想想也是,本来与师父直面交流的机会就少,加之嘴笨笔拙,不敢轻易采访作文,总想等机缘成熟些再成熟些……有心也错过了,久久愧疚,永存遗憾。

此刻,冬夜已深,在师父往生周年祭日来临之际,翻看着与师父的一张张合影,认着师父在皈依证上亲笔书写的"仁吉"法名,心起波澜,泪眼婆娑……愿此文能化作灵岩山道场上的一朵小花,敬献在师父的灵前。南无阿弥陀佛……

写完小文,仿佛又一次遇见生命中的缘。

二 融 心
Rong Xin

哦，端午心起嘉兴

嘉兴很亲，我的外婆家在海盐武原。那里有尚胥桥和尚胥庙，据说是为纪念春秋吴国忠臣伍子胥而建造并命名的，嘉兴人过端午，考证也是为了纪念公元前484年5月5日被逼自刎而死的伍子胥。

嘉兴很近，我的出生地在湖州，到嘉兴也只一小时车程。知天命的人都认嘉兴和湖州曾是"孪生兄妹"，现在至少也是"亲家"，深知这片风水宝地盛产人文，底蕴相当丰厚，朴素之心缘起民俗。

十多年没去嘉兴了，心存旧念，久违至今，作为长三角城市报纸副刊文化记者，以民俗文化的名义，被邀参加"2010中国·嘉兴端午民俗文化节"。突然发现：被一方水土滋养成与湖州人一样内敛性格的嘉兴人已"水土不服"了。不知从何时起，收起了内敛保守的性格，大胆把先人观星望月、度量花开花落、横亘千年创造的农历五月初五端午节，理直气壮地植入嘉兴特有的端午民俗文化元素，从民间来还到民间去，深深扎根当下风土人情中。嘉兴一切与端午有关的优秀民俗文化赛事，风风火火地满世界吆喝——中国端午习俗国际学术研讨会、全国龙舟邀请赛、端午农民画创作全国邀请赛……几年工夫,在江浙一带自轧闹猛,倒也轧出了花头。

2008年,"嘉兴端午习俗"被列入首批浙江省民族传统节日保护基地。2009年,端午节成功入选人类非物质文化遗产名录。2010年,嘉兴端午习俗又被列入国家级非物质文化遗产公示名录。

端午"申遗",嘉兴功不可没!

"嘉兴的民俗,世界的端午",出现在当地的纸媒《关注》上,我不得不承认:这十字"经"念得好,自圆其说说得妙啊!嘉兴人把一个世界性的节日秀成"端午——我们的节日"。与其说嘉兴人懂得以文化出拳了,不如说嘉兴人懂得以文化养市了。嘉兴人手一册的2010市民读本《我们的节日——端午》,让曾是半个嘉兴人的我,在初读官方提供的资料时,动了点脾气:端午只是你们的吗?似乎有点江南文人小肚鸡肠的本能反应。这也不为过,因为嘉兴与湖州的关系,实在太裙带太有渊源了。

五年前倒是受了点小刺激,因为得知:端午节被韩国人"端"走,成功"申遗"了——2005年,韩国申报的"江陵端午祭",被联合国教科文卫组织宣布为人类口头和非物质文化遗产的代表作。不得不感叹韩国人对传承民俗文化的嗅觉灵悟早。由此类推,像"世界端午嘉兴过"这样的世界级创意民俗文化节,不也是嘉兴人对民俗文化的一种姿态和觉醒吗?

融 心

一向不喜欢过节的我，2010年却在嘉兴过了三天端午民俗文化节。眼观嘉兴风情，心念湖州人文。每到一处，总触心境，许是太久没来嘉兴，许是从没把嘉兴放在内心深处，总爱一根筋地去比较：湖州与嘉兴相似的端午民俗文化、湖州与嘉兴深远的历史渊源……一路走去，看到嘉兴街头满是"五芳斋"招牌，接受当地媒体采访时，挂在嘴上的话仍是：湖州的诸老大粽子比嘉兴的五芳斋粽子历史悠久、出名早。可内心不得不承认五芳斋的实力，一样的糯米粽子，五芳斋做到创利税过亿元，不易啊！难怪一出嘉兴车站，直见"真真老老粽子店"，还听说，几乎每一个高速公路停靠站内，都有五芳斋粽子卖，真有点老大败给老二的讽刺意味！湖州人能不触动心境吗？我们去的第一个采风点——嘉兴月河历史街区，我又联想到湖州的衣裳街历史文化街区。嘉兴的有模有样数年，湖州的还在整建中，千年不变的内敛个性使得湖州人总是慢半拍。设在月河历史街区内的"中国嘉兴灶头画艺术中心"，可以说是此街十多个特色馆场中，让我最有想法的一个：湖州也有灶头画，咱"申遗"成功了吗？其实江南一带都有灶头画，恰恰是嘉兴灶头画2010年被列入了第三批国家级非物质文化遗产名录。采风后，我不得不感慨嘉兴的民俗文化功课做得超级认真："嘉禾端午民俗体验馆"精致而俱到；"嘉兴粽子文化博物馆"别致有看头，可惜去博物馆看粽子也要花钱买门票，恐怕进门的人不会太多。倒是建在秀洲区政府旁的"中国农民画艺术中心"，让来自毛笔之都的我刮目相看、羡慕不已、浮想联翩……

传统端午节的前日,去了第二个采风点——西塘。不知出于什么心态,人在嘉兴西塘"浮生"半日,心却在湖州南浔风光里潋滟……那天西塘下着阵雨,时有暴雨,大到屋檐流水,泻在伞面上会凹进一个洞,人挤在伞中,不时有伞尖碰过来,差点戳到眼睛里……这样的雨夜,还人流如潮、游船如织,如不是亲眼看见,难以置信!

站在宋代的望仙桥上遥想仙人美女,突然发现,如此雨天暗夜,游西塘的"80后"竟占了三分之二,意识转瞬之间就穿越了:分明看见白娘子从胥塘(传说西塘的这条市河是伍子胥带兵时下令开凿的,这条河就叫胥塘,西塘因河得名,所以叫胥塘,现正名为西塘)河面幻化出浴,衣袂飘飘而近,倚在一把布满珠帘子的青色油布伞下,轻声叫着许仙的名字……一唤二歌三回眸,千年的流水低吟、桨橹浅唱,仿佛旧梦成一个公共情场。心想:"就是现在去西塘看景的男女,也难免会碰撞出感情火花来!"走一圈西塘明清的卧龙桥、来凤桥、五福桥,转一回西塘种福堂等明清老宅子、石皮弄……人与人接踵、伞与伞游动、心与心撞击,人在画中,和谐心起,怎不忆江南好?

由于一路过嘴瘾,总拿嘉兴湖州说事比较,这晚被当地媒体记者"抓住"追问采访同样话题。我嘴硬心软道出:"南浔绝对比西塘人文底蕴厚重。喜欢徐迟笔下水晶晶的南浔小镇,向往原汁原味江南水乡的静谧……但嘉兴与时俱进的文化观念值得借鉴,嘉兴端午民俗文化节对中国民俗文化的贡献值得称赞!"

哦,端午心起嘉兴!

二 融 心

Rong Xin

一次不经意的美丽遇见

趣味相投的朋友在一起,会敞开怀聊些有趣的人和事;三观相近的朋友在一起,更多的是聊能一起前行奋进的事。窃以为,一次次不经意的美丽遇见,一如有缘相识久久,经投缘判断,成为纯粹的朋友后,是可以在一起做点事情的。

那些年,一次次不经意的聊天,便有了一次次不经意的美丽遇见。只要有时间与大自然亲密接触,就绝不放弃任何一次机会。遇见美的景、对的人,到了晚上,灯下,一个人独处时,便有情结在心,思绪翻飞,灵感在键盘上舞动,何乐而不为呢?

那天,说好只是陪朋友去乡村做一个采访,被采访者是一位在那里工作的书法家。一早,我们驱车前往,推荐人指路说,被采访者工作的地方在溪龙乡,安吉县城不到。

职业神经顿时勃起,人也变得感性起来。那个叫溪龙的地方,我 10 年前去过,现在成了盛产白茶的美丽乡村,全国闻名。那位被采访者,有一个吊在诗人嘴上的名字,听上去很熟悉,却怎么也想不起来真容。

秋正浓,一车人兴致勃勃,说了一路的话。

秋雨,打在车窗上,偶尔看一眼窗外,已进入乡村地带,心中正幻化出一座普罗旺斯般的美丽庄园,缘由是突然联想起电视剧《如意》里的镜头。《如意》在溪龙摄制完成。我看过片花,大部分外景地是溪龙一望无际的茶园,美如翡翠,园中还有一座仿清末民初的宅子……万顷茶园超级养眼,过目不忘。老想着:那里拍过电视剧之后,会不会打造一个影视拍摄基地呢?

想了一路,差一点忘了此行是去采访一位人物。

车到乡政府所在地,眼中的办公楼,跟我2000年来此采访时一个模样,心头不免一沉。上楼,进办公室,看到挂在墙上警示励志的书法摄影作品,才发现这十年还是有变化的,至少添了些许文化内涵。看到"百姓说事室",还来了采访冲动……想到此行目的,便打住了。

被采访者是第一次遇见,还真不认识,三句招呼语,彼此介绍完,便提出带我们去黄杜村看看,他说,那里有一块静地,可以看景喝茶聊事。文人遇文人,真是心有灵犀一点通啊!莫不是去《如意》镜头里的那座仿清末民初的宅子采访?

一阵欢喜上心头。

一杯地道的白茶,没喝上几口,一行五人急急下楼,跳上吉普

二 融 心

Rong Xin

就开路。出了乡政府，车过中国白茶第一村——黄杜村，一路美景赏心悦目，又一次触动了我的"乡村情结"。

心心念念中的乡村，美呆美呆地从眼前飘移换景，总感觉坐在车上，不足以辽阔我的双眼。

车，终于到达茶园顶端。我不顾毛毛雨正密，急忙跳下车，扑向茶园栏杆，呼吸之间，人已陶醉在茶树前。

从天空飘落的秋雨停在白茶上，嫩芽儿滴绿泛白，见此仙境，不由翘起兰花指，轻轻地摘一片茶芽，含在嘴里一嚼，一丝清凉甜味在舌尖上打转。抬头远眺茶园，心生欢喜，忘了秋雨正密。荧屏美景和实景对比着欣赏，自觉还是喜欢大自然的风光，美景便留存在了心间。

视线中，一座仿清末民初的宅院就在茶山凹里。

我们在茶山凹里，坐在伪老宅里，从容地喝一杯白茶，进行了两个多小时的访谈，各有各的收获。

离开前，我的视线从老宅穿越，回望这座"一片叶子富了一方百姓"的村庄，心早已醉倒在溪龙乡生态白茶园……

此行五年后的今天，又与友人相约，自驾去帐篷客度假酒店兜风。没想到，帐篷客的野奢之地，就坐落在溪龙这万亩茶园之中。这样的生态景观创意，既养眼醉心，又令人感慨万千。

我在垂直的空间里看船

也许,在垂直的空间里看船,不是最佳角度,也不是因为意象够美、姿势招摇,而是我生命中最浪漫的事——前半世的江南记忆,常在看船的"嘴"啄开运河水颊的某个瞬间定格,原型记忆约略浮现,伴着河水的节奏即时流淌。

我在古老的湖州马军巷河边出生长大,小小年纪,常被邻居陆家娘姆抱到桥埠头,垂直看船。也许就是这样喜欢上了垂直看船的吧,认路后,我自觉不自觉地去临湖桥上看船,看得不过瘾,又跑去潘公桥、潮音桥、骆驼桥、通济桥……垂直看摇过来摇过去的形状不一的船。有时耍赖,站在桥顶,叉开小腿,让大船从胯下过,气得船老大从水里挑起撑竿朝天撩我:"小妖精!死开!"从小怕猫怕鼠怕蟑螂的我,独独不怕水,6岁下水,7岁会水,8岁就能从自家桥埠头游到潘公桥。有次因为洄游遇逆水,模仿大人样,偷偷吊在一条大船的船帮上回家,从潘公桥到自家桥埠头,少说也有2000多米,逆风船"乘"得倒也有趣!

二 融 心

有了这第一次孩提"搭船"的刺激,便有了以后无数次青春"搭船出道"的经历:

高中毕业,四个女同学第一次远足上海,乘的是上海夜航班轮船,在大轮船上兴奋了一夜。第一次命运大转折,乘的也是船——申湖航班,去仁舍公社先锋大队第二生产队(20世纪70年代地名)插队,躺在吱嘎响的竹床上,一夜难眠。知青屋沿申湖航道,视线里有运河,有轮船,还有一片庄稼地。第一次学会"驾驶"的交通工具还是船。同年同月同日入社、同性同岁同道的"插友",是和我一样有着男儿血性、虎虎有生气的运动健将。两个少女偏不信邪,不怕将来生不出孩子大口吃婆猪肉;不怕女人上船会翻船,硬是把一支橹摇得吱嘎响的粪船悠悠晃。当年,农民兄弟为了巴结同屋知青(她可以通过老爸"开后门"弄到环卫所里的人粪),不怕阿娘们在背后戳脊梁骨,忍气吞声手把手教会咱俩摇船。队里有个上海知青,每年至少一次到旧馆搭乘上海夜航班轮船回家过年。1975年末,队里大开杀戒,将一头再也下不了崽、挤不出奶的婆猪宰了,一户一人吃"大锅猪",任人吃不生气。久未沾荤的上海知青多喝了几碗米酒,小醉后斯文地吐真言,讲了一段鲜为人知的上海班轮船黄浦江沉没的亲历记。这段惊心动魄的情节,在那一刻随着婆猪肉一起烙进我的生命里。在以后的文字生涯中,不断被我虚构成小说、叙述成散文赚了些许稿酬。当然,念想的不仅仅是死里逃生的上海知青。

不惑之后，运河两岸的高楼平地而起，越造越高。我视线中的港航河面似乎窄了，又似乎因岸帮变景而宽。其实，河不在宽，有船则灵。对我而言，心随船动，能天天看到智性运河里的船，哪怕只是漂动的孤帆或休止的画舫。

半世转个身，看船看出经。出生在水一方，站在桥顶垂直看船看到大；出道依桥而居，透过窗户垂直看船看到老；半世轮回原地，拥有一间能在高处垂直看船的屋子，连接记忆，圆满生命。此生足矣！

二 融 心

来不及年轻就老了

突然发现,刚刚发生的事扭脸即忘,成了过眼云烟,逝去久远的事却晃在眼前、常常吊在嘴上,专家言:生理年龄老了。不管自恋者内心有100个理由不服老,还是另类专家把当下"青年"的年龄,划在了18—49岁之间,想死死拽住青春的尾巴,但是,现实生活总是残酷的,几乎不以人的意志为转移,有100个理由说自己:来不及年轻就老了。

每个健康的人都会老,再怎么不肯老去,活过一个甲子的人,打从心底里感受到了岁月凶猛的滋味。许是人在老了的时候说不老,也是另类立志、别样魅力。为什么自己迟迟没有这种感觉呢?

十年前,有个同学取了个网名叫"来不及了"。还挺奇怪,现在我真心懂了。来不及了,就是来不及年轻就老了,许多想做的事也来不及做了。

年幼无知时,想着逃离童年,快快长大;花样年华时,不懂青春易逝;不再年轻时,想着永远不晚;真到中年了,想说永远不晚也来不及时，却常常出现时光倒流的影像，挡也挡不住。

信不信由你？知天命那年，突然在眼前，几乎在同时，闪电般与曾经青春过的"人文"相遇："鸟之家"里的知青博物馆；双林知青下放 50 年"回像"的双胞胎，曾是宣传队里"知青姊妹花"；40 年后偶遇知青地闵家妹子，已是富甲一方的领头雁；著名画家刘祖鹏将 50 年前下放农村的画作——《蹉跎岁月》知青时期美术作品，在"520"的日子里开展……所有的青春记忆沉渣泛起。

岁月凶猛，曾为知青的人，如今已不再年轻，就是末代知青也都花甲了。他们不懂青春绚烂，青春就过了；他们不知命运，命运便残酷而至。一代知青，各有各的青春情结，因为他们的青春绽放在一个特殊年代。蹉跎岁月也好，过眼云烟也罢，懵懂期那段求学经历过了就过了，独独对青春期那段知青经历刻骨铭心，不肯忘却，每个在世的知青都会说自己来不及年轻就老了。

这段知青岁月成了"精神鸦片"，日后生活工作中再苦再难，都会拿来提神。进城后的迷茫和委屈，都无法与知青生涯中的无望和苦难相提并论，以至于为了忘却的记忆而创作的文本，始终无法抽离入乡这段青春经历。纠结在于：并没有觉得记录自己的生活本身很有价值，可青春时代那些化不开的信仰、迷惘、苦难、拼搏……一个甲子了，依旧在各自的内心纠缠，渴望放下，所以记录。

又到五四青年节，突然十分怀念自己的青春。

二 融心

我生命中最青春的 18 周岁，是在一个叫"仁舍"的知青地度过的，在漫长的 820 天，春夏秋冬，懵懂、无知过，苦难、危险过，但不曾迷茫、退缩过。

1974 年的 5 月 15 日，青年节刚过不久，湖州轮船码头，两艘载着数百知青的轮船，沿着运河，朝着上海方向的升山、仁舍、旧馆等农村缓缓驶去……记忆中，由 4 名留城的女同学——初中同学钱健美、王宗敏，高中同学郑晓玲、沈华娟一路送我到知青地——公社所在地的仁舍公社先锋大队第二生产队。临时知青屋是一间不到 10 平方米的仓库，两个人合住。和我一起落户的女生，竟然与我有参加嘉兴地区篮球队期间作为湖州二中体育班同学一年的缘分！这让我始料不及，一样的爱好，一样的体魄，一样的遭遇——家中男儿留城、女儿入乡。

终于成了社会人，准备自己养活自己了。

因有过湖州三中高中学农分校一学年的生活经历，我们很快就适应了"同居生活"，懵懂、无知地生活在陌生的土地上，与贫下中农真的打成了一片。

这一季的农活，是一年中最繁忙的，入乡次日，就参加了耘田摸草劳动。赤脚走在田埂上，浸泡在农田里，脚丫都烂了，指头都肿了，被蚂蟥叮了，被水蛇咬了，蚊虫叮在不该叮的肉肉上，每天在惊恐万状中度过艰难的十多个小时的农忙劳作。累了，盼望下大雨，雨声就像是小时候母亲哼哼的摇篮曲，使人昏昏欲睡，第二天，太阳照常升起，继续耘田摸草，拔秧、插秧、割麦、拔油菜、翻田、撒肥、打稻、喷农药、挑猪羊肥、采桑、喂蚕、摘茧……所有全劳力妇女的农活，我都干了；第二年，连挑河泥、挑秧、卖茧……即便男劳力干的农活，我和小惠也好奇地干了。年轻真好，有使不完的力气。

这段岁月，像河流一样一直在心中流淌。

突然有一年，内心憋不住那些过往的青葱岁月、知青情事，应约创作了连载小说《孽缘》，不提知青，依然是知青时代的故事，在境外的《星岛日报》上连载后，连自己都没有看到报纸，因为拿了稿费，也就不再追讨样报。做梦也不会想到，却被在澳洲留学的高中同学阿猫意外获得，他看了小说中的描述，坚信作者就是我。于是，坚持每天到报亭买一份《星岛日报》，一回国就联系我，将收齐的报纸交到我的手上，一期不落。这是何等的缘分？我的内心一直充满感激，不怕笑话，我们年轻时，男女同学是不说话的。

我的青春经历像碎片，40年回眸，历历在目……

岁月残酷，青春万岁。人生，是由一个个经历走完的。我年轻时的这段经历，一生受用。来不及年轻就老了，在我看来：是励志者的觉悟，奋斗者的心结，正能量的呼吸，不放弃的意愿，也是一个人渐渐老去的生命历程。

二 融 心

Rong Xin

生命在大爱中轮回

一个团队的爱心能走多远,一个民族的大爱就有多深。

2008 年 5 月 12 日下午 2 时 28 分。

中国西南汶川。

没有任何预兆,没人先知先觉,父母与孩子、丈夫与妻子、同事与战友在瞬间被相当于 400 颗原子弹的能量击中、分开、消失……

第一时间,各大新闻媒体纷纷聚焦汶川地震大营救的现场,我们纸媒员工的每双新闻眼也同时聚焦。灾民生命、灾区灾情牵动着每一个人的心。8 级地震,天灾人祸。废墟中,一个个生命在挣扎,在等待生命轮回的每分每秒仿佛经年累月般漫长……终于,我们从影像资料中看到,死亡的要塞被最可爱的人打通了。记录者和等待者的心被瞬间碰撞,被救者和施救者的情被瞬间升华。生命的奇迹在大爱中一次次被创造,人间生命在大爱中一个个轮回……从死亡线上被救出的每一个生还者,面对救援人员,不管是激动地夸"今晚的月亮特别圆",还是深情地喊"我要回报社会",都怀揣着感恩之心。爱心复爱心。可以想象,被救者的每个细胞都想抓住这生命被轮回过一次的激动时刻,我也激动,为生命的轮回而激动流泪。

生命的呼唤是从大爱中迸发的,大爱有声,感恩无限。天摇地动的一刹那,想必在被掩埋者的心中,当觉天空不稳定,大地不坚固。眩晕、恐惧、大痛、大悲之后,潜意识里的求生欲望强烈。死过方知生命弥珍。渴望生命使人觉悟,觉悟促进坚强,坚强支撑力量,力量化作自救,生命的奇迹由此产生……脆弱的手抓住希望:一丝声音、一种眼神、一只援手、一滴牛奶、一瓶盐水……都能消除被埋者对生命渐逝的恐惧。大难临头,生死一瞬,人民教师谭千秋本能地张开一双手臂,护住了4个更脆弱的生命体。援救人员发现英雄遗体时,他依然双臂张开趴在课桌上,身下死死地护着4个学生。4个学生都活着,英雄的后脑勺却被楼板砸得深凹下去……这般了得的舍身壮举,人们怎能不动深情?妻子给英雄丈夫擦去手臂上的血迹时,丈夫僵硬的手指再次刺痛妻子脆弱的神经……看到这样的情景谁都会潸然泪下。我们感动!一个个老人被救出,趴在子弟兵的背上,神情安详,默默无语,欣慰和感激之情全在心底……影像中,处处透着援救人员"不为自己求安乐,但愿灾民早离苦"的境界。不可想象的生命奇迹,就是在这全民族的大爱中被一次次创造。

5月19至21日,全国哀悼。所有媒体聚焦一个主题:抗震救灾,众志成城。我们的眼球一如既往地被灾区报道锁定,我们的爱心和

二 融 心

奔赴灾区一线采访的同行连接……地震发生 168 个小时后，举国鸣笛，国旗为逝者而垂，人民为难友而悲，我们默哀——中国大地上最神圣的别样壮举！默哀中，像是瞬间走神，32 年前的唐山大地震，让老新闻工作者的我别梦依稀，感同身受。生命复生命。每一次大难临头，我们新闻工作者义不容辞，敢于担当。在报道中求心安，在尽职中求完美。每一次大灾之后的生命大营救，我们都不会忘记。记住，是为了永远的忘却！

地震过后，死而复生，肯定有着生命深处的缘分，那就是人间大爱的力量。其实，大爱是人的一种精神需要。譬如通过媒体关注救援人员冒死挺进险区展开大营救的壮举；譬如国家领导人在第一时间站在灾区废墟上慰问百姓，面对余震无所畏惧的坦然淡定姿态；譬如全国哀悼日随汽笛向遇难者摘帽垂首默哀；譬如透过我们的相机镜头、手中笔墨、鼠标箭头，为灾民鼓劲加油捐款捐物认养孩子，连接起当地百姓和灾区民众的情感热线、爱心通道，如此等等的外在形式，极大地催生着一个人的爱心、一个团队的爱心，乃至整个民族的爱心。不可思议的生命轮回，不就是由这种民族大爱精神创造的吗？

三 / 融 入

与他,仿佛一场"艳"遇,某个佛日,放生池边,融着水,冷着月,拉着二胡,两根弦上腾跳着的忧伤音符,在天空中久久飘荡……

魂魄二胡

我第一次见到裘钢,在栖贤寺,仿佛一场艳遇,在某个佛日,放生池边,融着水,冷着月,拉着二胡……留下些许观感,得知他是湖州群艺馆的文艺工作者。

我第一次听说了他魂魄二胡的"独门绝技"——登台演奏拉到深情入境时,手不停曲不止不知不觉进入睡眠状态,一曲戛然而止,又从神秘遥远的梦境中睁眼、亮相、谢幕……我便萌生了采写这位音乐神才的念头。

第一次"零氛围"聆听裘钢一个人的演奏,在苕上耕夫画室,五六个人,守着炭盆,喝着普洱,架着相机,清清静静、暗暗眈眈、纯纯粹粹……在意境中奢侈乐活,感受着自己的感受。

那日,他有选择地演奏了《空山鸟语》《秦腔主题变奏》《春江花月夜》《葡萄熟了》《战马奔腾》等几首相对激越舒畅的名曲。那一丝丝、一缕缕,或缠绵幽远,苦音袅袅;或凄怨悲凉,柔美流淌;或欢快奔腾,跳跃有力……

三 融 入

在我看来，弓弦在裘老师的手上，拉拨弹娴熟如心，两根弦上腾跳着的每一个音符，仿佛都透出他不可一世的惊人天赋和音乐才情。

曲终了，空气中袅袅的二胡琴声久久难散……

我忍不住煞风景地问裘老师："为什么没拉阿炳的《二泉映月》？"

"进不去，那种悲情绝伦的稀世妙音我进不去。"他如是说。

是真的进不去？还是怕扣住心上那根忧伤的弦？不忍再问。在听过无数音乐之后，仍觉得二胡音乐是天底下最悲怆动人的，无须太多混响，最真实的声音就流淌出来了。

曲终久久，余音袅袅，继续围着炭盆听裘老师讲与二胡有关的"风花雪月"。随即，惊闻著名王派越剧演员俞建华是他的夫人（那是后话）。

见我惊奇的表情，他不以为然地说："你是不是觉得一朵鲜花插在了牛粪上？没关系，结婚时，人家就是这么说的。"

我对他的认同（缩短陌生距离），也是从这句话开始的。在我看来，他的外表傲气和内在性情是混合在骨子里的。

裘钢是嵊州人，1968年出生于音乐世家。父母都是搞音乐的，母亲唱歌，父亲拉琴。"文革"时，被打成反动文艺黑干将的父母下放到福建山区。当时，裘钢年纪很小，只有5岁，可父母却为孩子早早地盘算起前程来，依他们的人生经历，认为人活在世上，最好掌握一门手艺，不管学啥都可以，只是必须从小刻苦学起。

童年时光，他跟着父母在山区农村生活，长得弱小，想想他这般弱的小身体，做泥瓦匠，甩不动泥刀；做木匠，推不动刨子……

现在想想也真是，七岁大点的孩子哪能干得了那力气手艺活，也许父母吃"文革"的苦吃怕了。好在父母很快发现了儿子的天赋——对音乐特别有感觉。小小童孩，竟能把革命样板戏《红灯记》《沙家浜》《智取威虎山》《海港》《白毛女》中的所有主要唱段，一口气从头唱到尾，不用看谱识字，部部戏能唱。有人说，这不仅仅是天才，简直是绝才！

至于小小年纪这样板戏是怎么学会的，恐怕只有他和他父亲知道。茶聊得知：下放山区农村的裘钢父亲，为了养家糊口，常肩挑担子翻山越岭进城卖菜，他一头挑着一筐时令蔬菜，一头挑着放在筐内的5岁儿子裘钢。进城的山路远，他父亲为了解闷，总是一路高歌革命样板戏。那是个引吭高歌革命样板戏的年代，公共场合，全国人民一个调。天长日久，潜移默化，加上遗传基因，有音乐天赋的裘钢自然就会唱了。

这道"爬山岗"的风景，裘钢至今还记得。

他7岁开始学拉二胡，开始是跟着父亲学，后来遇上了一位"高

三 融 入

人"——上海音乐学院的林老师。那时，教二胡的林老师也被打成"黑五类"下放到了福建山区。刚学琴的裘钢就有了科班二胡老师！

现在想想，当初不知是裘钢选择了二胡，还是二胡选择了裘钢。一切似乎命定，仿佛前世修来的福缘！

林老师凭借惊人的记忆力，夜以继日脑忆手记，誊写了一本在上海音乐学院教过的二胡教材，当然，裘钢二胡的技艺也是在那个时候开始长进的。

他深情地回忆说："平反后，林老师就去了美国深造，两人再也没见过面。如果在世，也该70多岁了。"

从小立志要将自己训练成一名职业乐手或演奏家，是很残酷的，那就意味着，除了学习文化知识，业余时间都得放在练习拉琴上。

初学二胡是很枯燥酸牙的，裘钢的童年就是这般残酷。他回忆说："我小时候不会骑自行车，不会打篮球，为了拉琴，所有的运动都是被限制的，因为怕伤着手指头，怕耽误学琴进度。记得在读小学时，只打过一次篮球，手指就不争气地吃了'枇杷根'，从此与篮球运动彻底拜拜了。"

可想而知，裘钢学习二胡的那个童年是多么的单调而又灰色。

机遇总是眷顾有所准备的人。父母平反后，14岁的他回到了浙江，正遇嘉兴地区越剧团招生，一考即中。那一年是1981年，他正式进入嘉兴地区越剧团,成了一名职业乐手,从此与中国最有代表性的拉弦乐器——二胡结下了不解之缘。

圆了梦,裘钢在一场场职业演出中,技艺日增。1986年,第二届浙江省戏剧节在省城举办,裘钢和俞建华同时被浙江省小百花越剧团看中,当时他俩还不认识。

俞建华的艺术人生是从湖州到福建(比裘钢早两年考入厦门市越剧团),然后回到湖州。裘钢的艺术人生是从绍兴到福建,再回到湖州。后来,团与团合并后两人才相识,当时演花旦主角的俞建华在圈内已小有名气,她于1990年成了越剧大师王文娟的学生后,演艺突进、名气大增,浙江电视台录制的戏剧连续剧《红楼梦》中,林黛玉的唱段都是她配音的。

1991年,裘钢、俞建华结为夫妻时,还真有朋友开玩笑地说:"一朵鲜花插在了牛粪上。"这是朋友们羡慕嫉妒裘钢娶了个名角老婆,俞建华嫁了个二胡奇才,艺术般配,天生一对。

夫妻合作的代表作品有传统戏《赵孟頫与管仲姬》,现代戏《男人不在家》等,裘钢是主胡,俞建华是主角,绝配吧?可越是艺术绝配越多事。据说,他俩在艺术上争执不断,几乎每排练一部戏都要在家里大吵一场。行内人知晓:演员主要唱段排练和乐手背谱练习,有个慢慢磨合的过程,不能操之过急。而他俩就是在这个磨合过程中常起争执,有时争到激烈处,俞建华会说:"我下部戏不要你拉了,你这人真固执,一点都不解风情,不考虑我的艺术感受。"

倔脾气上来的裘钢脱口就是一句:"放心,下部戏我再也不会为你拉了……"

关起门来争吵归争吵,结果总是两个"高端艺人"在争吵中绝配成一部好戏,一部观众和老师认可的获奖好戏。

说起裘钢不断精进的二胡艺术,有一个人不能不提,他就是浙江小百花越剧团的主胡杨海泉老师,虽已退休,但他培养的学生至今仍是小百花越剧团的主胡琴师。裘钢也称杨海泉是自己的启蒙老师,是自己成为职业乐手后的启蒙老师。在越剧火爆的年代,在华东地区越剧电视大奖赛等赛事中频频获金奖的俞建华,常有人来挖角,省内外也有好几个剧团同时向他俩抛来"绣球",终因种种原因(当时的人才流动不像如今那么便当),没能如愿。

艺术呈多元化趋势的当下,戏剧、民乐渐渐被冷落,可他俩的艺术之心却始终澎湃着。裘钢曾多次被邀出访西欧、北欧、俄罗斯、埃及等地区和国家,随浙江民乐团登上奥地利维也纳金色大厅演出,在2007年和2008年的全国"两会"期间,登上了国家大剧院舞台。他俩用那颗不老的艺术之心连同爱心,于2008年5月30日晚,在湖州升华音乐厅成功举办"慈济灾区,大爱有我"、为四川地震赈灾义演——裘钢二胡独奏、俞建华越剧清唱音乐会。此次音乐会共筹得善款近10万元,已全部捐赠四川灾区。

真正艺术家的心永远是年轻、善良而纯美的。当我准备直面曾经风光无限的著名王派越剧花旦、国家二级演员俞建华时,惊闻她目前的工作状态和处境是如此的尴尬,我于心不忍了,不忍心用我的职业去敲击她受伤的心,更怕性情对性情而起连锁反应,导致采访"流产"。想想也是,她的艺术成就,在网上问问"度娘"便一目了然;至于她的性情品格,采访她身边的同事、朋友之后,就已明白:这位著名越剧演员目前这种无奈的选择存在之必然了。

融 入

Rong Ru

《渔歌子》对湖州文人的诱惑

张志和的出生地,一说在金华,一说在绍兴,不管是在婺城出生长大,还是在越州会稽东部隐居,反正都是在浙江,浙江人不和浙江人动脾气。不像他的代表作《渔歌子》中提及的地名——西塞山,千年以后,依旧被争论不休、考证不止。

丝毫不怀疑湖州吴兴有个西塞山,湖北人偏说西塞山在武昌黄石。武昌鱼有名,却敌不过鳜鱼肥嫩。历史上就争强好斗的"楚人",甚至赶到湖州来论理。西塞山地名之争,未终,黄石人"争"出个东塞山,吃硬不吃软的吴兴人,却把西塞山"争"平了。

张志和博学,随父学道,写得一手好诗文,曾经进士及第,以文字侍候于君王左右。后因父亲猝死,20来岁便看破红尘,步入孤独的隐士生涯。在唐代,文人都喜欢游走江南,湖州更是"招蜂引蝶"之地,猜想,这与写得一手好字的颜真卿时任湖州刺史有关。据说张志和是陆羽前往绍兴邀请来湖州的,但没有资料表明张志和在湖州的隐居时间,估计他当时的年龄也是40岁左右,与书法家颜真卿、名僧皎然、茶圣陆羽等文人墨客有交往，一起在湖州饮酒赋诗、寄情山水、逍遥自在，但张志和始终与他们保持着距离，且萍踪不定。

这个文人很蹊跷。张志和蹊跷就蹊跷在活在世间几何，都要打上问号：一说730—810年，另说730—774年，相差甚远。他活着的日子记载不清，忌日倒是影像逼真。传说：一日，张志和、颜真卿及其一帮亲朋好友在江南游览，大家饮酒作词，喝酒喝到飘飘然的张志和，乘着酒兴要为大家表演水上功夫。只见他将竹席铺在水上，使轻功（据传他有进入水中不湿的功夫）一般地坐了上去，载着他的竹席如船儿一般在水上漂浮自如，行至湖水中央时，一群白鹭、白鹤飞来，白鹭在他周围翻飞，白鹤围绕着他鸣叫……岸上的人们正看得弹眼落睛，湖面上的张志和却把目光转向颜真卿，向他摆手……没等人们转过神来，瞬间不见了张志和的踪影……有人说，他乘白鹤飞上了云端，其实是醉"驾"而死。

时任湖州刺史的颜真卿为张志和撰写的碑铭是：张志和自沉于水。颜真卿亲历现场，最有发言权：这是张志和最后的归宿。这样的归宿，像极了他的做派。

性情孤僻古怪的张志和，到底有什么魅力让湖州文人为之"神魂颠倒"，为他放歌，为西塞山"争宠"？是《渔歌子》的幽思，还是西塞山的气量？

三 融 入

知道"张志和"这个名字,是我 1980 年在湖州总工会读夜大时。古代文学必读课——张志和的《渔歌子》五首,其中第一首背诵起来朗朗上口:"西塞山前白鹭飞,桃花流水鳜鱼肥。青箬笠,绿蓑衣,斜风细雨不须归。"词句颇直白,诗意近白描,字面一看就明白:在美丽的西塞山前,几只白鹭在天空翻飞。春天里,湖边的桃花盛开,肥硕的鳜鱼在湖中游动。一位头戴青色箬笠、身穿绿色蓑衣的渔翁,沐浴着斜风细雨,沉浸在垂钓的欢乐和美丽的春景之中,久久不愿离去。

因为读了《渔歌子》,1982 年前后,我曾自带干粮,捧着难觅的宝贝——海鸥 120 相机,随 K 同学两次寻访考证西塞山。只记得当时在湖州骆驼桥乘船,朝西南方向行驶七八里,中途转乘一次小船,再走三五里路,到了弁南乡凡漾湖村雪溪湾,走村串户,找老宅古墓,钻猪圈羊棚,下机埠渠道,寻石柱对联……

与 K 同学在六个月中,七上凡漾湖取得了大量实证物证,靠的就是我的这架在当时需开后门买来的方框相机拍摄取证,它是 30 多年前考证西塞山最真实的眼睛,证明张志和词中描写的西塞山——唐末神奇消失、宋代又神奇出现的山峰就在这里。而我,站在张志和词中描写的西塞山上,久久眺望山下的聚宝盆——凡漾湖,站累了,一屁股坐在山坡上,立身,被告知是西塞山人氏严尚书的坟——一座早被盗空的古墓。受惊吓之后,我写下小说《猪獾子》,算是考证西塞山的收获。

30 年后，再上西塞山，见山无山，面目全非，已找不到上山的小径。好在那块棋盘陨石还在，留下念想……突然想起当年任凡漾湖村村干部的方培林，不知今在何处。他不厌其烦先后七次陪同我们寻访踏勘、取证、摄影，着实令人感动，而那些西塞山的美景，证明西塞山在此地的实证，包括头戴箬笠、身穿蓑衣在他家门口的照片、文字统统成了珍贵的资料。

地名都是人定的。2013 年，那里已建了西塞山公园，被同学考证过的西塞山地盘，也被识货的湖州儒商租得 50 年使用权，相当有眼力和魄力，想必也有对西塞山的神往，对《渔歌子》的情动所在。

没有诱惑,哪来格局

"文革"前,我在湖州月河小学读一、二年级时,因同桌家住小洋楼得以进出玩耍,白天入眼的亭子、假山、水池、碑石、西洋花玻璃门窗……到了夜晚通通进入梦境。50年别梦依稀,念想久久。那时,不知此处就是晚清四大藏书楼之一的皕宋楼,没见一本线装书。

1970年到1974年,我在湖州三中读书时,学校旁有一道数百米长的篱笆墙,隔开了学校与私家花园的空间,却挡不住墙内开花墙外飘香的诱惑。篱笆上爬满了蔷薇花,篱笆内茉莉花、桂花、香蕉花的香气,在花季里不时飘进教室,沁人心脾。挡不住诱惑的女生们,在香气扑鼻的季节里,会沿着竹篱笆,寻找缝隙大的口子,伸手摘几朵小花,胆大的小女生竟从篱笆里钻进钻出……人们习惯叫它陆家花园,后知这座神秘的私家花园即潜园。

1976年工作后,得知皕宋楼和潜园的文化价值所在,好奇心驱使,常借采访名头进去看一看,轶事传闻听了不少,渐渐得知:

不管是皕宋楼,还是千甓亭庭院、潜园别业……其中扑朔迷离的故事,都与一位名叫陆心源的晚清藏书名家有关。皕宋楼还是小时候见过的模样,在东街和月湖街交汇处,空无一人,存"千甓亭"碑石等古迹,大门常闭。1986 年,潜园与青年公园合并,被打造成莲花庄公园,每周带孩儿去公园游玩。园内松雪斋、大雅堂、晚清阁、鸥波亭、题山楼(管楼)、《吴兴赋》刻石等景观,观石见人;赵孟𫖯、管道升、赵朴初、沙孟海、吴作人、郭仲选等历代文人的诗文墨宝,观景生情。二十年后,陆心源和他的皕宋楼,也被文史研究者们撩开了神秘的面纱。

湖州人陆心源(1834—1894 年),晚清著名藏书家,年纪轻轻就仕途失意,35 岁罢官辞职回湖,自立晚号——潜园老人,钻研学问——精研宋史,精通金石之学,致力刻书。他不惜重金收买各地藏书家散失的古籍孤本秘籍刻本,汉、晋古砖,建造皕宋楼、十万卷楼、守先阁、千甓亭等楼房,将各类图书、刻本、古砖分门别类贮藏。皕宋楼,收藏宋元旧刻;十万卷楼,收藏明清时期的珍贵刻本、名人钞校本及名人著述手稿;潜园的守先阁,收藏普通刻本和钞本,此处不仅仅只是藏书,部分藏书还供文人阅览;千甓亭,收藏古砖千余块。

陆心源的藏书,在他 1882 年《皕宋楼藏书志》撰成时,已达 15 万卷之多。有资料表明,在陆心源藏书散出前,藏书总数约 5000 部,近 6 万册,25 万卷左右,其中大多是《四库全书》未收之书，而且宋、元版尤多。他把藏这类书的楼房取名——皕宋楼，意指收藏宋版书多达两百部（两个"百"字合起来——"皕"，读bì）。据史料记载，晚清的私家藏书事业达到了顶峰，归安（湖州）陆氏皕宋楼、常熟瞿氏铁琴铜剑楼、聊城杨氏海源阁、钱塘（杭州）丁氏八千卷楼，被列为全国四大藏书楼。

陆心源一生对文化、文学的贡献是藏书，著述，纂辑丛书。他编著了等身的文稿，刻印了《皕宋楼藏书志》《续志》和《千甓亭砖录》《十万卷楼丛书》等，辑有《皕宋楼藏印》《千甓亭古砖图释》等书，总汇成近35种936卷的《潜园总集》，还参与了《同治湖州府志》《归安县志》《湖州丛书》等工具书的编辑工作。遗憾的是，陆心源61岁病逝后，陆氏三代藏书，除1908年由他的长子陆树藩将守先阁内的17000多册书，捐助给刚兴办的海岛图书馆外，其余占籍孤本秘籍刻本藏书，在1907年6月，被陆树藩以12万元卖给了日本人（尽管其临终前，千叮咛万嘱咐子孙：万万不可散书），原因存疑。这批弥足珍贵的藏书，现仍保存在日本静嘉堂文库，有机会去日本，我也会去看看。时至今日，仍有不少明清文化研究者及其爱好者，撰文著述湖州皕宋楼藏书被日本静嘉堂收购的传奇故事。陆心源收藏的汉、晋古砖，现大部分存于省、市博物馆。

三 融入

Rong Ru

唐朝的吴兴拿什么吸引你

不是湖州吴兴人的陆羽,活到"七十古来稀"的年纪,被葬在了妙西杼山。可想而知,陆羽与湖州吴兴的渊源之深。

活在唐朝的陆羽(733—804年)是湖北天门人,却在湖州生活了三十多年,差不多是他的半世人生。其中,他花在撰写《茶经》上的时间(761—775年)有十多年。唐朝的吴兴,拿什么吸引陆羽在此地留下传世之作《茶经》,成了后人探究不止的课题。他对湖州的贡献很多,其中,长兴县的顾渚山紫笋茶,经陆羽品评为上品后,列为贡茶。湖州人为了永久纪念他,根据他在湖州生活的遗迹,在妙西重修了三癸亭、皎然塔、陆羽墓,在长兴新建了大唐贡茶院等。陆羽茶文化研究,在中国星火燎原,在世界方兴未艾,湖州茶人和湖州陆羽茶文化研究者劳苦功高。

有资料记载,陆羽并非出生在宦官之家,而是个弃婴。在他两岁时,被父母抛弃在寺院里;长大后,性格叛逆,不愿出家。12岁时,他逃离寺院,在一个戏班子里,大江南北地闯荡,被某官人赏识,助了陆羽一臂之力——读书。他开始接触上层社会，认识了许多文人，喝了很多好茶好水，陶冶了文化修养，造就了后来写《茶经》的好本事。在湖州相交甚好的文人很多，记载的文人墨客中，有颜真卿、皎然、张志和、孟郊、李冶等。富有戏剧性的是，三十多岁时，逃离寺院的陆羽又回归寺院，长期隐居在湖州妙西杼山的妙喜寺。此时，颜真卿正在湖州任刺史，对陆羽的才能也很赏识，便在妙喜寺建了三癸亭，让陆羽在此修身养性，读书著书。他写诗，有《六羡歌》；也写传，有《陆文学自传》；还被时任刺史的颜真卿相邀，参与《韵海镜源》的编纂工作。文人墨客常到杼山三癸亭雅聚，谈天说地，喝茶聊诗文。想必是天时地利人和，陆羽才得以潜心写作，留下传世之作《茶经》。

《茶经》只不过7000多字，3卷10个章节，为什么会被后人广为流传、推崇备至？意义在于：《茶经》是一部划时代的研究茶叶、茶事、茶艺、茶道的著作，是一部茶文化史书。在茶祖宗陆羽之前，中国没有一本系统谈茶的书，在他之后，倒是很多。可以说，在中国乃至世界，茶文化，是从《茶经》开始的。写出来的茶为"经"，茶文化的意识出现了，喝茶讲究器具、八卦、五行等，文化品位有了。读了《茶经》，人们才觉得饮茶有道，茶是一种文化。

陆羽喝茶喝出了"经"，后人喝茶喝出了"道"。称为"经"与"道"的，必然升华到了精神与哲学的层次，有了精神与文化的内涵，文人就会自觉研究茶背后的文化意蕴。唐朝喝茶的事传承至

三 融入

今，也算是到了很高境界了，陆羽是当之无愧的茶文化奠基人。后人有许多解读《茶经》的文本、心得，明心见性的，最认同自谦为"老人家"的寇丹的观点："我是一片茶叶。"这种喝平民茶的情怀，为真正的茶人所推崇。有研究者称：真水无香，淡茶有味，真心爱茶，一辈子为茶无私奉献的人，方可称之为"茶人"。想必这般文化格调、人生境界，不是一般人能抵达的。做一片茶叶就好，喝好一杯平民茶也行，境界不低，接近茶人的标准。依"茶老人家"的观点，人这一辈子，得喝三道茶——甜茶、苦茶、淡茶。当下"50后"人，甜茶、苦茶都喝过了，正天天喝淡茶。交友纯粹，心中淡然，做人坦然。我也是一片茶叶，做不了茶人做茶娘，在茶水中老去，何乐而不为呢？

你的"二拍"对我很重要

谈谈凌濛初的想法由来已久,只是机缘未到。

在湖州吴兴晟舍落户时,没人敢提这块弹丸之地曾诞生过明末文学家凌濛初(1580—1644年)。掐指算来,凌濛初离世330年后的1974年的春天,随大量知青涌入晟舍时,我只依稀听到过富甲一方的商人闵氏家族,就在晟舍公社所在地,劳作必经的田埂旁,有被盗空的墓穴遗迹,后人都不敢吭声这是谁的墓。那个年代,就连说一句"大概是闵家的",都怕招来横祸。

每次经过那里,我都心有余悸。

记得中国大风暴之前最风平浪静的两年,我只顾在仁舍(晟舍)公社先锋大队赤脚种田,扛锄下地,背篓采桑。冬季农闲时,听老农嚼舌头,也从没听说过凌氏家族,直到沾一点傻气返城。

我知道晟舍人凌濛初编著的《初刻拍案惊奇》《二刻拍案惊奇》("二拍"),与之前冯梦龙编纂的古今小说——《喻世明言》《警世通言》《醒世恒言》("三言"),合称为"三言二拍",已是我国恢复高考的1977年,"三言二拍"是考试题,常常被作为填空题,考者必背。而真正拥有凌濛初的小说"二拍",已是1988年了,文友离开湖州闯荡特区前,语重心长地说:"你喜欢写短篇小说,一定要看看凌濛初的《拍案惊奇》。"说着,便将《初刻拍案惊奇》《二刻拍案惊奇》选本从书架上取下来馈赠予我。一向偏爱阅读外国小说,回过头来看中国古代小说《拍案惊奇》,确实对写短篇小说很有启发,之后写下短篇小说《寡妇滩》《圆房》,在《女作家》《芙蓉》杂志上发表,为文学一辈子埋下了"种子"。

凌濛初的白话小说大都取自民间故事、野史笔记、社会传闻等,题材有男女情爱、夫妻婚姻、泛海经商等。故事情节简单有趣、语言生动诙谐,有写市井生活的,也有写明末商人追求钱财欲望,提倡婚姻自主、自由、男女平等,反对"门当户对"陈规陋习的,反映了明末时期的社会现实和时代气息,作者愤世嫉俗的性格跃然纸上。

湖州晟舍人凌濛初出身书商之家,天资聪颖、才华横溢,年轻时虽有才学,也效忠于明王朝,却与功名无缘,转而作文泄愤,抑郁不得志。一生著作颇多,小说、戏剧、传奇、文学评论等都有涉及,杂剧《颠倒姻缘》没有看过,"二拍"足以奠定他在中国古代文学史上的地位。他63岁才升徐州通判,却在镇压李自成起义的过程中忧愤呕血而死,这让后人很难接受。我只是看了他的小说,没研究过。但有研究者认为：凌濛初编著"二拍"的直接原因，一是科场失意，二是受了冯梦龙编纂"三言"的影响。"二拍"与"三言"不同，前者基本上都是个人创作，是一部作者个人的白话小说集，成了后三百年中流传最广的短篇白话小说选本。

为写此文，在查看资料时获悉，近年来，我国学术界对凌濛初的研究异常活跃，许多学者千方百计寻找《凌氏宗谱》的下落。有一天，我在众多来稿中，意外发现了关于《凌氏宗谱》的消息，经核实后，刊登在了《湖州晚报》的人文版上。大意是：在安吉县安城镇横塘村发现了光绪甲辰重修的《凌氏宗谱》，是由凌氏族人凌积明先生保管的。至于同为晟舍人的凌氏、闵氏家族，对中国套版印刷业的巨大贡献，则另当别论。

三 融入

他对家乡的爱恋无处藏身

最早接触徐迟的文学作品是在1978年,我已在湖州广播站从事播音工作,有大把时间和空间读报、听新闻、看杂志。这一年,在自家订阅的《人民文学》第一期上,读到了徐迟的报告文学《哥德巴赫猜想》,写的是"科学怪人"——数学家陈景润的故事。至今清楚记得,那年,有多家国家级报纸,或节选,或连载了这篇报告文学。有报的地方,看报的人,几乎都读了报告文学《哥德巴赫猜想》,徐迟、陈景润出名了。

那时候,名人和名著一样,不多。

一向不喜欢数学,枯燥乏味不说,还挺伤脑筋,没想到徐迟把数学家写生动了,也把数学写活了,数学变得有趣味,数学家成了香饽饽,直接影响了这一年高考生的填报志愿,据说报考名校数学系的人,大多看了这篇报告文学。

文学的影响力有多大,作家的魅力就有多大。因报告文学《哥德巴赫猜想》,关注徐迟和他的文学作品的人多了。我这才知道,徐迟是湖州南浔人，因而倍感骄傲。记得，徐迟每次回南浔，总有记者、通讯员发来消息，奇怪的是，播音中竟情不自禁地夹带些许腔调，这是播音大忌。

有资料记载，1914年10月15日，徐迟出生在南浔德懋弄6号，父亲徐益彬（徐一冰）是近代教育实业家，母亲陶莲雅是一位有文化教养的女性。徐迟的整个童年和少年时代，以及青年时代的大部分时光，都是在南浔小镇上度过的。1927年，在南浔中学念书的他，只因读了徐玉诺《将来之花园》的诗集，就在这年秋天，离开南浔这座江南小镇，去了大都市上海，后又在苏州东吴大学读书。

江南小镇养人却留不住人。志向远的人不愿呆，有文学艺术才华的人，留在江南小镇一辈子的，成就再大也白搭，墙内开花墙外不香。而敢于走出小镇的，后来都成了响当当的名家。水土养人，环境造人。在上海读书，20岁发表作品的徐迟，不仅见识了大都市，开阔了眼界，也认识了诗人徐志摩、《现代》杂志主编施蛰存、诗人戴望舒，并和戴望舒一家流亡到了香港，在那里，又结识了乔冠华、袁水拍、冯亦代……

文人碰文人，笔墨伺候。他写诗歌、散文，写报告文学、小说，也翻译外国文学——雪莱诗选《明天》，小说《巴马修道院》《托尔斯泰传》《瓦尔登湖》等，成了诗人、作家、翻译家的徐迟，早在20世纪80年代，就已著作等身，成了公认的文学名家。

二 融 入

到底是走出小镇的文学大家,徐迟的写作方式也与时俱进。1989年,他开始用电脑写作,当时有报道称他是老一代作家中第一个使用电脑写作的,令吾辈后生敬畏。用电脑写成的长篇大作《江南小镇》,是一部沉甸甸的自传体小说,1993年由作家出版社出版发行。1995年,他开始写《江南小镇》续集,部分章节发表在1996年的《江南》杂志上。可惜,就在这一年的12月,徐迟病重入住武汉同济医院。13日,因病逝世,享年82岁。

徐迟曾离开江南小镇,又回归家乡小镇,再离开,又回归……字里行间,他对家乡的爱恋无处藏身:"这里有水晶晶的童年、水晶晶的雨巷、水晶晶的石拱桥、水晶晶的垂柳、水晶晶的池塘、水晶晶的田野、水晶晶的少女、水晶晶的老者、水晶晶的婴儿、水晶晶的心、水晶晶的梦、水晶晶的灵魂、水晶晶的生命……这个水晶晶的小镇、水晶晶的倒影,映出这个水晶晶的世界!这就是我的水晶晶的家乡……"

徐迟写下的这些《江南小镇》里的文字,现在成了最美小镇的形象语:水晶晶的南浔!

三 融 入

Rong Ru

一个人对一座庭院的念想

这个故事真实而励志。

数年前,一位长兴女子,在318国道"小莱茵"河边,无意间发现了一座庭院,从此,心中便有了念想:一定要靠自己的实力,造一个一模一样的庭院。

很快,她辞去了拨拨算盘珠"坐享其成"的乡办公职,不安分地跑起了运输,而且是水上运输,自我励志:吃尽苦中苦,方为人上人。

八年后,终于建起了属于自家的庭院。不知为什么,她心心念念的却仍是那个促使其青春行动的庭院,有事没事带上老公或独自驾车,从和平乡下"颠"到碧浪湖畔,"闯"进公家大院前的庭院,看到发呆,看到门卫善意赶人。

连她自己都没有想到,私家庭院建成以后,对公家庭院的念想,不仅没有终止,反而深度继续,具体表现在:自觉不自觉地爱向亲朋好友倾诉，分享突然发现一个庭院的乐趣，渴望有精神层面的聆听者，渴望与人共享，渴望读懂被读懂……

当我无意听到这个故事时，立马明白：始于一个人对一个庭院的念想，必定追求完美过程，终弃结果。这般那样的庭院情结，不仅仅是亲近庭院这点作劲就够的，发飙是早晚的事。

果不其然，大热天，轮到我成了她的发飙对象，被一次次约去充当聆听者，享受闺蜜待遇。她开口闭口所说的院子，其实有一个很文艺的名字：庭院，说的就是正房前的院子，泛指院子。

起初听她一次次讲"院子——我的院子"时，竟联想起"文革"电影中地主老财常说的一句台词："麦子——我的麦子！"而私笑不已。

我，一介局外人，不知真实情形，确实很难理解：一个人对一个庭院的念想会以颠覆自己的人生为代价！

出乎意料的是，她对我发飙成功的撒手锏，竟然是真情告白，形式是短信：

这是个寒冷的冬天，也是周末，空中飘着零星雪花。我穿了件紫色大衣，系着飘逸的白色长巾，忙里偷闲再次来看庭院。尽管无情的冬日剥下了乌桕树美丽的衣裳，光秃秃地站在那里，但另类姿态依然迷人。这不正是鲁迅笔下的那棵乌桕树吗？我情不自禁道。

三 融 入

走在庭院的小径上,遐思中,眼前突然幻化出"秦时的明月",身边也似乎吹来了"汉时的风"。这根古石梁、那口古水井……不正是吗?气温很低,我的情绪却很高涨,没有丝毫寒意。激动、感慨、敬佩之后,只怪自己才疏学浅,难以表达。

也许这座庭院的"缔造者"不认识我,没关系,重要的是这个美丽的庭院促使我去认识他、读懂他。站在另一个角度,我由衷地赞叹——这庭院与进出的身影是多么的和谐,在这儿工作是多么的自豪……不知不觉中,值班门卫已站在我的面前,善意地催促我离去。当我再一次回头凝望时,却意外发现,这幢大楼如按决策者意向"独裁"建造,应该不是这种风格吧?他肯定会将大楼与园林融为一体,艺术出一座现代版的江南庭院……

编辑对写手总是爱护有加,"命门"被她点中,我便提出去看看庭院,找找她所说的那种艺术感觉,还一再强调:唯有找到感觉,才能将她的庭院情结转化成另一种叙述语言,与他人共鸣。

大热天,和她一起赶到小莱茵河边上的庭院时,已近黄昏,雨也来凑风景,把庭院淋成一幅水墨画。庭院里的太湖石、绿化树、古井、古砖、古石梁,她如数家珍,统统报得出名字,并一再强调,这些名贵树种如何高价难买,现已涨至何价?那些古石梁、太湖石何等奇缺难弄一涨再涨……在她津津乐道时,我却在"一个人对一座庭院的念想"中神游:庭院深深深几许?这个坐落在湖州碧浪湖南侧、躺在小莱茵河臂弯里的庭院,离我那么近,离她那么远,唯她独具慧眼、乐活仿效、魂牵至今？而她，此时正在铺满鹅卵石的小径上来回走动健足，自言自语道："在这里享受庭院文化的职工是否依然赞美原创者？"

诺贝尔文学奖获得者川端康成曾说，美是邂逅所得，是亲近所得。我邂逅友情，亲近庭院的结果，是自觉充当激情写手，因为其庭院之美已经打动我的心：当一座城市遇到改貌换颜，一个"群体"遭遇动迁新建时，决策者们是否愿意"负重"坚持文化，这很关键。文化的含金量可以升值，可以鲜活一座城市，可以和谐一代人。但是，行进中的文化，往往是苦涩的，甚至是不被认可的。

三 融入
Rong Ru

追逐"中文之星"的代价

很难统计,1996年,电脑族中有多少人知道"中文之星",又有多少人使用过"中文之星"。

纯属偶然,我这个电脑门外汉,因为一场推脱不掉的比赛,在极短的时间里,成了"中文之星"的狂热追逐者,自嘲"追星族"。

这年10月,全国举行公务员普通话比赛。9月,第一个"推普周"前,各省市层层选拔,市语委的权威人士推荐了我,知道我在考入公务员前曾是广播站的播音员,学的又是汉语言文学,拼音肯定行,让我担纲计算机拼音录入汉字比赛。

得到正式通知时,离比赛只有一周时间。我无法应承下来,尽管内心并不排斥电脑。不懂电脑,没有电脑,平时不摸键盘,又不知道"中文之星"为何物,却要参加一场省级计算机比赛,自知玩不转、输不起,因为这是一场3人团体比赛,代表的是全市公务员。

时间一天天过去,无论我如何解释、推辞,旁人都以为是谦虚。

"谁让你名声在外？"朋友们还瞎起哄。无奈之中，我迈出了追逐"中文之星"的第一步：找一位懂"中文之星"的人替代。我用电话拉起了"朋友网"，寻找能代替出赛的朋友，哪怕是朋友的朋友……终于有一位热心的女友阿芳帮我打听到，她的邻居是电脑专家，也是公务员，而且玩的就是"中文之星"。我喜出望外，急急忙忙就在电话中发出了热情洋溢的"呼唤"，可这位"中文之星"高手只答应前来指导。

求到离比赛还有5天时间，求人不成，只有求己了。于是，我迈出了追逐"中文之星"的第二步：走近"中文之星"。过了一天，方正电脑公司的专业技术员帮忙拷贝了"中文之星"，这时我才知道何为"中文之星"：它是一种软件名称，其中有一种汉字输入方法叫新全拼。

又过了一天，那位"中文之星"的高手百忙之中又被女友拽来，给我点拨"新全拼"的窍门。此时，离比赛只剩3天时间。3天，我总共敲了不到10小时的键盘。之前，没摸过电脑，不知道"中文之星"新全拼，便踏上了追逐"中文之星"之路。

临出发的那一刻，诡异的事件发生了：就在停自行车的一刹那，左脚突然踩了空，连人带车从台阶上重重地摔倒在地，疼得只想哭，我下意识地喊了一声："完了！"未上阵先失蹄，是很不好的预兆。

上车后，我没向任何人诉说伤势，因为我明白，追逐到此，已别无选择。到了省城,我悄悄用水洗去擦伤处的血污,一瘸一拐地走向赛场……

赛后,领队说:"12名(各市一名)赛手,唯有你的头像拨浪鼓似地不停甩动,别人差不多都是盲打(眼睛不用看键盘)。"我说,"我尽力了。"真的,我没想到自己会发挥得这么好。我在内心表扬自己。之后,我因骨折没及时治疗,被石膏固住了左小腿及以下部位,两个月不能动弹,也无怨无悔。

追逐到此,我已付出了血的代价,也依稀揭开了"中文之星"新全拼的奥妙:10分钟可敲出1000多个汉字,能连打11个汉字(只打声母)的词组,速度可与五笔字型媲美,是所有会说普通话的人都能掌握的输入法。

至此,我比任何时候都更想拥有一台电脑,并且坚信:我对"中文之星"的追逐以及所付出的代价,是绝对不会徒劳的。

肚皮舞的诱惑

凄冷的冬夜,难挡小城热舞新宠——肚皮舞的诱惑,在薇薇的热情电约下,第一次走进新开的健身会所,犹如刘姥姥初到大观园,看西洋镜般一个个健身操馆瞧过去:器械健美、高温瑜伽、有氧拉丁、动感单车、肚皮舞……劲爆的音乐、痴狂的舞动者,诱人脚板痒痒没商量,心底不时涌动"爱动才能赢"的热潮。

薇薇,早年受聘某杂志社,有过几面之交,社长称她"热得快",之后隐身"流通"界,业余热衷跳舞健身,倒也活得自在、逍遥,世面上流行什么舞,她就跳什么舞,从交谊舞、拉丁舞、恰恰到肚皮舞,小城新开的健身健美馆常见她的身影。她总有本事和陌生人打交道,和馆内的教练、老板熟成朋友。这是我的弱项。她看到我编辑的"肚皮舞"的版面后,打了无数电话约我去舞动,热情如火,热心难挡,想想孵茶馆、吃大餐吃出来的大肚腩,渐渐起了兴致。

她推荐的肚皮舞教练毛老师,是一位"80后"的帅小伙,扬州人,时尚中性,舞动起来的身姿迷死人。用薇薇的话说:"毛老师跳肚皮舞不要跳得太好噢！迷煞人，一准是'师奶杀手'。许多白领少妇都是冲着他的迷人舞姿去学跳舞的。"说实话，这晚，我也是冲着这位肚皮舞"师奶杀手"而去，想看看薇薇说的教练有多迷人。到底是人迷人还是舞迷人？眼见为实。

劲爆音乐声起，只见中性打扮、一身热辣肚皮舞行头的毛教练，性感地站在平滑的地板教练台上，激情地摆动着腰、腹、胯、臀，一招一式，魅力四射，有型有款，不管是摆胯还是动臀，都是一种美的造型，一种刚性的内力喷发，既有浓郁的异国情调（据说，肚皮舞是中亚、埃及的传统舞蹈，也是世界上最古老的舞蹈之一），又有本土舞蹈的优美倩姿。

这晚，置身于100多平方米的练操房，看着教练，对着镜子，为自己而跳。因为人多，看不到教练优美的提臀摆胯，竟然鼓足勇气从最后三排跳到了前三排，跳得脸红身热，跳得汗流浃背……原来肚皮舞可以这样随心所欲地舞动！

环顾四周，不管是20岁的苗条少女，还是50岁的肥胖"师奶"；不论高矮，不管有无舞蹈天分的女人，全都摆动起腰、腹、胯、臀……在扭动中燃烧脂肪。

学跳肚皮舞，怎一个"爽"字了得！

四 / 融 色

  每个人都在寻找与自己情趣接近的景色交融,问茶问到心痛,纯粹情有独钟:难道要让不懂茶的人守着"御舛",望到山空水断茶枯种灭……

温山御荈的诱惑

1996年清明,与一位不嗜茶的文友同行,前往妙峰山,叩拜陆羽墓。一路,彼此调侃着:咱爱喝咖啡之人,却入了湖州陆羽茶文化研究会?岂不太纯粹?

我爱上茶文化事出有因:那年,文友去北京参加全国青创会,与她同寝的杭州作家王旭烽天天泡上一壶好茶,然后讲茶,听得众人纷纷落泪。次年,我国第一部反映茶文化的长篇小说《南方有嘉木》诞生,献给了全世界的茶人。王旭烽笔下"一片小小的茶叶,托住了近两百年的人世沧桑,以她的大气和历史文化的洞察理解,从浙江走向了全国",著名评论家如是说。

于是,与文友开始问茶。

时隔一月,适逢一夜小雨,空气清冽。我等一行四人从百雀法华寺下来,舍车闲步,挺近温山,一路寻色问茶。沿途有花、有草木,自生自灭的草本花卉,开得特别鲜艳、茂盛。树枝上,有彩鸟飞出,用翅膀拦下一个宁静的空间,然后消失而去。

四 融 色

Rong Se

好静啊！如此静地，每每前进一步，都觉得是多余的，我们实在挡不住诱惑，便驻足、开始静望坞中的绿茶，一站、一望，半小时都不觉头昏目眩。

温山里的茶，都栽在正宗的山坳里，四处高，有茶树的地方低凹。这是怎样的一张绿色天网！最是那鹅黄色的娇羞，二次茶牙的一对眼，我不想说话，更不呐喊，只是拼命地呼吸，服食绿色的云气……

每个人都在寻找与自己生活情趣接近的景观以品味人生，遥想未来。到了，才知温山是个好地方，温山御舛是贡茶的灵魂所在。

走进温山，置身温山坞，闻吸温山御舛……蓦地，脑海里又冒出那座妙峰山，且思之不竭。怪哉——是温山多了点什么？还是妙峰山缺少点什么？

妙峰山，在湖州南埠，已被湖州陆羽茶文化的研究者们炒热了，到建成陆羽墓，已成高潮。我不想说，陆羽墓建在哪座山上更安耽，只想说，湖州是陆羽的第二故乡足矣，不必为争"山头"，湖州人与湖州人动脾气。考证归考证，那是学术，重要的是把已有的圣地建得像模像样些，才是真情。不至于让中外游客和茶人，从叩拜陆羽墓到跋涉三癸亭后，留下一路遗憾：问茶圣地，咋不见一株茶树，一爿茶馆，一叶野茶？

陆羽是不甘寂寞的。有史书记载，陆羽在湖州寻觅过不下十处茶地,温山是他最为眷恋不舍的地方,他对开发温山御舛宠辱不惊,至死不渝……

触景生情:如果温山坞里的御舛茶树,长在妙峰山上、陆羽墓旁,陆羽的在天之灵就可以告慰了。我很激动地对文友调侃令自己心跳的"意识流",她却不经意地抛过来一句话:"你这是理想主义的意识流动。"

中午,步入温山茶场,见四五位山民慵懒地坐着,默默地看着我们,没有话说,没有请吃茶,继续坐在条凳上吸烟。一刻钟后,其中一位山民从我们的谈吐中,大概听出了"名堂",突然起身开锁,打开了另一间被称作宿舍的屋子,让我们认读墙上的字,问我们寻找的是不是这些?职业驱使,我连忙掏笔记录了下来:

出门好几天,

没搞几个钱。

有心回家转,

没脸见妻面。

四 融 色

一日离家一日深,

犹如骏马住寒林。

虽说此地风光好,

怎不思乡一片心?

原来是一帮安徽来的打工仔,这样的诗虽跟茶文化无缘,可窥打工仔的文学功底不一般。据说,用黑炭往墙上抹了几首诗的这位广德打工仔,回家不久便考取了北京大学,令人感慨万千、嘘唏不已。

难道要让安徽山民守着湖州温山的"御茶园",望到山空水断,茶枯种灭?这让茶圣陆羽的灵魂怎能安息?我好心痛,不知湖州陆羽茶文化的研究者们是否如我一般感同身受?

问茶问到心痛。于是,我虎着脸坐回歇息的山民中间,认真地告诉他们:"你们脚下的这片土地,茶祖师爷陆羽来过,大书法家赵孟頫,诗人陆龟蒙、王十朋、姜夔来过,还在此品茶赛诗,词宗张先仙逝也在这里……要不,你们家乡那位广德小子能考上北京大学?你们有缘来到温山这个好地方,无论如何,你们该轻轻摆弄手中的每一片茶叶。御舛,那可是皇帝才能喝上的贡茶啊,现在你们天天在喝,这是缘分啊!"听得山民面面相觑。

我所在的媒体曾报道过,20世纪80年代末,温山种上了价值一万多元的新茶苗木。不知为什么,第六感觉提醒我:温山,仍是一片未开垦的处女地!难道这仅仅是为留一片宁静给张先而守望至今?

从温山往回走,不想说话。有车而不坐,宁可慢慢细步。同路人中有感慨者言:现在是经济部门不讲文化,文化部门也不重视文化。我不以为然,心想:终有一天经济文化都会被重视的。这时,我注意到,在百雀三岔路口,一辆大客车上,正陆陆续续下来四五十位旅客,直奔法华寺……近看,车号是江苏省的,估计是苏州、无锡的游客。要不是已钻入汽车,舒服地坐着,我真想前往搭讪,然后告诉他们,沿着百雀寺后院,踏上一条小径,不出一里地,就有养眼风光,流涎茶叶,挡不住的绿色诱惑……

我真的愿意再往返一次。

四 融色

Rong Se

从能喝的"古董"走心开始问茶

我对玩味茶道的觉悟，总在不经意间。不管是绿茶、红茶、白茶，还是乌龙茶、老白茶、普洱茶，几乎逮到什么喝什么，很少像喝咖啡般会深度喜欢某款饮品。一知道咖啡豆有公母之分，公豆比母豆贵一半价格，就买了公咖啡豆回家研磨烧煮，但对茶叶就舍不得买最贵的，就连小姐妹的茶叶精品店开到了家门口，我也舍不得买。尤其像乌龙普洱一类的岩茶，不仅"烧钱"，还要配N多茶具，门道太多很费时间，想必"工夫茶"名称由此得来。

爱上普洱茶纯属例外，是在不知不觉中好上这一口的，也是在好上这一口后开始走心，悟到普洱茶没有味道之味道的禅意的。

第一次喝普洱茶，是在20世纪90年代初。记得那时的湖州茶文化研究者很受外界尤其是东南亚茶道组织的欢迎，问茶、讲茶，一路出彩，不仅仅因为湖州是茶圣陆羽的第二故乡。

湖州民间的"茶博士"渐渐名声在外，慕名者纷纷来湖州拜访。同在一座城市又同痴文字，自然有茶缘口福。记得那次是与深圳文化名人侯军先生同饮一壶普洱茶,他是专程来湖拜见"墙内开花墙外香"的茶博士寇丹先生的,因职业相近受宠被邀,喝到了据说已珍藏50年、价值数千元的极品普洱茶,这茶价在当时已不菲,这茶饼要是放到2007年的6月之前,那就可以卖到天价了。

那时我不懂茶,还没喝过普洱茶,凭着"一分铜钿一分货"的价值观认死理,这泡货"珍"价高的普洱茶一定好喝。端盏、闻香过后,一尝,竟品不出个所以然来,莫不是我一介山东粗人不懂"风花雪月"?旁人喝出"啧啧"舌响,而我却在心里纳闷:这天价泡出来的茶水,只不过是一碗淡出"鸟味"来的酱汤而已。此次,除了唇齿间留下乡间的草籽味,喝过便忘。

初识普洱茶,只残留色深味浅的印象,现在想想真是没茶品的一介粗人。之后的一年半载里,我断断续续也能喝上几盏普洱茶,因为是共饮一壶茶的友情馈赠,不敢贪杯,不敢戏言"喝出了一股沙漠里烘干的马粪味儿",怕扫朋友的兴。有一次喝多了酒,直肠子的我还真没忍住,说了一句特没品位的人话:"怎么有一股烂木头稻草味道?"没人接话,便自嘲道:"茶"字,不就是人在草木之间玩味吗?

常在草木间玩味,难免好上几口,久而久之,开始对普洱茶隐遁于颜色深处的纯味有所觉悟。真正觉悟,是在2004年的那次云南之行,让我真正开了"茶戒",识得普洱茶皮毛。从千年古刹筇竹寺结缘,到爱上云南"佛茶"——普洱茶,短短3年,我对普洱

四 融 色

Rong Se

茶形而上的宠爱就有点过了。爱上后,我还喝到过100多万元一斤的普洱茶膏汤水。普洱茶膏就是普洱茶结晶,据说上好的普洱茶膏要数百上千万元一斤,真可谓是"能喝的古董"。

黑乎乎如乌金一般有光泽,比玉石更有含"金"量的茶膏,第一次见,茶水颜色透明呈橙红色;第一次尝,口感纯粹无比,喝后难忘,还不忘将剩余的一小块(小指甲盖大小)茶膏"恭恭敬敬"请回家乡向朋友献宝。就这么短短几年,我已离不开普洱茶了,时不时会泡上一壶来喝,也舍得在200—2000元之间破费,饭后狂饮,奢侈把玩,随性收藏。

有一次,在清一色娘子军的饭桌上,无意间话题转到问茶上。有人问:"普洱茶到底有什么味道?"这话正好问到了我的"茶神经"上:"一种没有味道的纯味,纯粹、绵柔,没有香气的醇香,清澈、沁心。刚开始喝,你不会马上入味说好喝,冷不防还觉有一种稻草味浸淫鼻腔,但绝不会上喉头,你得喝上三回八回,喝上几十杯以后,那种纯纯的味道才会感觉得出来。"

现在作文细想,普洱茶的味道,其实就是喝到极致之后没有味道的味道。因为这种没有味道之味道,最易触动人的内心需要——人与人之间纯粹友情的心之默契、不求回报的魂之神交。此番心得,许是这几年我对"禅茶一味"佛家境界的另类浅见?许是我对普洱茶形而上的特别宠爱?

现在，我只要在外吃了荤宴回家，第一时间必泡一壶普洱茶来喝，下下油，去去脂，常"立竿见影"，为下次赴宴找个借口；当然周末亮灯阅读写作时，会冲一杯咖啡来喝。前者减肥，后者提神，乃是吾辈眼下之最欢饮品。尽管有报道说，喝普洱和咖啡这两款深色饮品不好，多喝容易导致钙流失，好在我还没到钙大量流失的危龄。老了我铁定改喝绿茶，有研究表明：绿茶的茶素可预防老年痴呆——脑力劳动者最敬畏的"死神"。不求治病只求预防。再说，产自家乡——安吉的白茶、长兴的紫笋、德清的黄芽、湖州的温山御舛，在我眼里都是"绿茶王子"，好看"中意"，随手可得，老了再饮不迟。

四 融 色

恋恋湿地意象

我对湿地的感觉非常好。在我看来,湿地,比之峡谷柔美,比之草原灵异,比之江河矜持,具有恋恋情味。

"湿地"一词,最早碰眼于外国文学作品,因沼泽地视觉冲击力在先,便将湿地与沼泽地自由联想。直到湿地"横空"出世——杭州西溪成为首个国家湿地公园,其天然美景与文化底蕴结构为杭州的"肾"(也有文化人称湿地为一个城市的"肺")之后,才将湿地与沼泽地断开,才知湿地早已全球化,湿地国际的总部设在荷兰。

解读湿地,便有了一个清晰的湿地概念:介于陆地和水域之间过渡的生态系统,是生态的,当具自然性、主题性等特点。湿地,作为风景区已经世界"连线",湿地文化,也正在被深度"挖掘开采"。

我曾三次探幽下渚湖湿地,前后相隔十年。这个位于浙江北部的大湿地,离杭州很近。我每一次去看湿地都有变化,不变的是我对湿地的感觉。我感觉,湿地的意象最富于灵性。遍布下渚湖600多个大小岛屿、沙流土墩坚强凸起,荫荫树冠中,白鹭纷飞掠过村舍、田头啄食嬉戏,象征生命的延续。湿地的绿,是生命的凝望。芦苇荡中那种由绿到黄的渐变色彩,饱含浓得化不开之风情。那种绿,在阳光水色中,会让人联想到人到中年而风韵犹存的女人。湖水的娟秀、芦荡的妖气、浮萍的暧昧、耕地的深情,在我眼中都是湿地迷人的意象。湿地的湖水是柔美的。画舫在湖水中穿行的节奏,激动了一船人。有人卷一叶芦苇,放入嘴中吹着,音符颤动,那是诗人对青春易逝的回味。芦荡深深,野境幽幽,尖细乐声融入人的主观感受就移情。

坐在船头的我,想起十年前第一次到下渚湖的情景。记得当时从一农户家的桥埠口上船,坐的是手摇船,船体又小,摇来晃去惊险动作不断。印象最深的是触手可及的大小岛屿,清澈见底的湖水青草……好一个"天开下渚湖"!

那时还没有"湿地"一说,没有游客。中午,我们四人爬上一条停在湖边的渔船,在直不起腰的"三等舱"里,美美地吃了顿"本地大餐"。有刚从地里摘的青菜、菠菜、野菜等环保蔬菜,有从下渚湖里捞上来的生态活鱼、虾、蟹。鼓圆了肚皮过足了嘴瘾,买单时推来搡去好几个来回,纯朴的渔家女才腼腆地收下几十元钱。

第二次去下渚湖是2000年,手摇船变成了机帆船,在湖中转了大半圈,眼前的浮萍、野菱、芦苇、跳上甲板的鱼儿,近处的岛屿、白鹭、鱼籪,都成了文友大呼小叫的对象。第三次就是这次采风活动。

五月,是一年里万物最蓬勃生长的季节。意识和绿色一起流动,两岸摇曳的芦苇,由于情味的注入,变得灵动起来,激起无边无际的想象。瞬间,赋予简单的颜色、普通的光线以视觉审美情趣:阳光照射下的芦苇颜色有了独特风格,甚至下渚湖湿地的风从芦苇丛中掠过,芦苇荡里的风朝哪个方向吹,都能蓦然发现其中动人心魄的美。

走过下渚湖湿地、车过防风山时,当地文人极力推荐到山顶去,说是站在山顶可以俯视整个湿地。抬头望见幽幽山路,我的膝盖立马敏感地疼痛起来。好在山不太高,犹豫一阵,还是挡不住诱惑,忍痛拐上山顶。站在高处,带一点眼疾的错觉,俯视湿地全景。哇,好一幅绝版的湿地水墨画!

当欢呼声、赞叹声远去时,我凝神眺望远处,飘过湿地的瞳孔逐渐放大,"水墨画"中的瑕疵渐渐显露了出来:一栋水泥钢筋建筑正在煞风景地建设中,犹如水墨画中的败笔,已无法涂改。酸涩中,似乎有点自讨没趣,谁让我对湿地如此偏爱,如此渴望保留原生态中的唯美情致。我想,让村民继续生活在湿地,不更原汁原味利于生态吗?由此联想,观鸟亭建在离鸟类栖息地那么远的地方,说是为了不惊动它们。那么高楼大厦出现,白鹭还能与耕夫同时站在农田,你啄虫来我耕地吗?生态好的地方,猴子揭瓦,老鹰捉鸡,野猪撞棚的险象时有发生，而在下渚湖湿地，人们看到的是人与鸟类的近距离亲密接触，还有湖风掠过芦苇荡那令人心驰的颤动。

湿地的这等意象还不够艺术家美上几笔？

从艺术的视角去看，湿地还具有极度感性的一面，情味无限，画家一钻进湿地就找不到回家的路，摄影家一撞入芦苇丛中就不想出来，作家们澎湃起内心的张狂，顿悟：湿地有湿地的恋恋深情、脉脉韵味，湿地的意象是一种描绘不尽、欲吐难快的暧昧情致，含蓄深沉。不知你是否到过德清的下渚湖湿地风景区？是否也如我一般感怀羞涩、审美尖锐？不同的艺术手段，最终会将这些想象融入艺术作品中，传达出耐人寻味的意象。

四 融色

Rong Se

不得不说的三山岛

关于太湖,我总有话说,而三山岛在太湖之中,矗立太湖东南水域一万多年,又是离湖州最近的岛,不得不说。初秋,随江浙沪记者采风团上岛两天,逍遥于有山有水、遍地果园的三山岛古村落,更有话想说。

我对太湖一向情有独钟。我的出生地——湖州,位于南太湖;我中学毕业插队落户地,弯过太湖边,常听老辈人说太湖里的故事;年轻时爱上文学,似乎与太湖也有些许瓜葛,写的小说《寡妇滩》《湖骚》等,说的也都是太湖边的故事;30多年前,还曾青春逼人地欲环太湖考察呢!以后很长一段时间,由太湖引发的——环太湖女作家笔会、中国太湖作家丛书、太湖文学研讨会……我全情全意地投入。工作、朋友间的任何一次环太湖考察、踏景,我都不找托词。

不回忆还真忘了,年轻时,我曾在太湖里挖过黏土、扳过鱼、游过泳,还翻过船,甚至爬上过光秃秃没人烟的无名岛……却偏偏不知是三山岛。

上了岛才知道,三山岛上大部分人知道湖州,岛上有祖籍湖州的人、出生在湖州的人。早些年去湖州学手艺的人,有的留在了湖州,也有的回了三山岛。在我听来,三山岛人说话的口音,湖州人听上去像苏州人,苏州人听上去像湖州人。

湖州人与三山岛人前世一定有缘!

同事推荐,去三山岛选择从太湖走最快速。那天,还真搭上了太湖旅行社驻三山岛办事处的船。从太湖走,我本以为可以体会一把快艇飞驰太湖的心颤,没想到现实远比想象刺激、浪漫。等来等去,在幻溇水闸等来了一条装满货物的"赤膊"挂浆机船,除了水泥船变成了铁壳船,与我插队落户当知青时摇过的水泥船不同,外观、大小、型号统统不变。

我坐在船头,伴着野蛮的机声,迷茫地与船儿一起向东太湖徐行。

天湖一色,眼前一片潋滟。茫茫然时,湖光泛出插队落户当知青时的情景,乡下的捻泥船和运粪船齐刷刷从湖上飘过,连同青春期的迷惘和躁动一齐涌来。

鸟在头顶盘旋翻飞,拍水啄食声如风过耳,最易触动人对美丽短暂生命逝去的深恋:活得匆忙,来不及海阔天空就告别不惑而知天命了。

搭机帆船穿越太湖已让人怀旧不已,上了岛,坐上环保车,沿

四 融色

湖边、山脚、农家，穿果园、老宅、村落，到达农家乐——一座被果园笼罩着的山庄，更让我感怀。

几年前，看电视连续剧《橘子红了》时，期盼有朝一日能一睹橘园的真容。没想到，三山岛上到处都是橘园。这个季节，我见到了青色的桔子，感觉青桔有一种特别的韵味，比之成熟的桔子更含情脉脉，是一个季节对另一个季节持久眷恋的渗透，令人心动。青桔，夹在百年枣树中间，怎么看都是一种背景，更显青春情致。

我只是特别好奇：三山岛满山满坡、屋前屋后的果园里，桔树、枣树、梅子树、杨梅树……群居一处，竟然相安无事，各自灵性地开花结果。这不，眼下正是桔树青果累累的时节，暗红色的马眼枣却已悄无声息地散落一地。在果园里，我嚼着马眼睛形状的鲜枣，却忍不住对青桔生津、垂涎三尺。

上岛两天，我无法武断地为三山岛的人文自然景观作结，有资料允我归纳简介：身居茫茫太湖中的三山岛，是苏州东山镇的一个村，由五个自然村组成。孤岛不孤，有泽山、厥山、蠢野山三山做伴。一岛三峰，由泽山、行山、小孤山相连，冠名"三山"。三座山峰的形状似笔架，又叫笔架山。

不过，文人墨客更喜欢称三山岛为"蓬莱仙岛"或"世外桃源"，我看一点也不夸张。我眼中的三山岛，到了春天桃花盛开时，想必就是晋代陶渊明所发现的那个桃花源。

三山岛的文化底蕴神奇而又深邃,古老而又厚重。岛上考古发现旧石器时代的人类文化遗址、村落的明清古建筑、山上的板壁峰、湖中的水葬台……短时间内我是难以品透的。

绿了碧螺春,红了马眼枣。三山岛奔放着热带森林的激情,又渗透着几经沧桑的深情。三山岛的诱惑是因人而异的。长在太湖边的人,不得不去三山岛,而去过三山岛的人,不得不说三山岛。

不矜持——哪藏得住宝物

在我的记忆中，湖州新市是蛮有看头的。运河边西河口的小桥、流水、人家，怎么看都是一道江南风景线。

我对西河口情有独钟地一年年守望，望见了西河口运河的水照流不止，西河口两岸的风景依旧。20世纪中叶就被著名导演看中，成了电影《林家铺子》《蚕花姑娘》外景拍摄地——西河口明清一条街，咋不早点开发，整成像乌镇、周庄、西塘那样的江南美景地呢？难不成真的如我一家之言：一方水土养一方人，新市人似运河流水、古桥老宅般矜持？也如新市人自喻：是藏在抽屉里的宝物？

20年前，在我工作的黄金岁月里，曾游走在新市的大街小巷，我要寻找的那家酒香巷子也深的酒厂，藏在西河口尽头的"深闺"里。

那年头，常沿着新市西河口一条条古巷、一座座古桥走，一次又一次走过先人们走过的文化路径。进入我视线的画面多多，入眼难拔，张望老宅：庭院深深深几许？灰暗阴森的弄堂、走廊，夏日老人侧身躺在竹榻上打盹，一只小花猫懒懒的蜷缩一旁。听到动静,老太太睁开眼睛慢慢起身,看我们的表情矜持而友好。老人告诉我:"儿子媳妇不喜欢住老房子,搬到新城区去了。我住惯了,老祖宗留下来的,就守着吧!"

现在想想:西河口要是没有这些生活淡定、愿意留守的老人,能护得住那些老宅?那些斜檐旧屋还不随着黄梅雨季慢慢烂坍?有点常识的人都知道:房子有人住,才能延续生命,才能古意流传。

近些年,总有些事推着我走进古镇新市,每次驻足新市,总要去西河口走走,看看变化、串串门洞,与桥堍下书画小店里的闲人聊天,探寻往事今貌、旁观文化遗存……

古桥还是那几座古桥,流水依旧归入运河,人家零零落落散居其间,有人气但鲜有动作,直到我2007年6月到新市采风,终于发现文化底蕴厚重的西河口有变化了。

我看到:西河口望仙桥东堍有了明清木雕馆,藏品大都是本镇古建筑构件精品,门窗、壁屏、雀替、栏板、牛腿木雕栩栩如生,是当地艺术家以镂雕、浅雕、半透明雕、透雕等多种技法创作的,成了弥足珍贵的新市文化遗产。

西河口神驾潭有新建的新市文史馆,进门显见一幅清代末年的地貌图,指点新市"清末三潭九井十八块三十六条弄七十二座桥"之独特地貌。

想去新市看运河古桥,想知道当下的西河口是啥模样,只要沿着西河口的文化路径走走就知道了。

　　一回眸,古桥影;一转身,运河水……如诗如画,离百姓的审美很近,离人类追求的低碳生活更近。

四 融 色

Rong Se

我在坝上草原奔马

一向喜爱大自然,有朋友召唤就奔草原玩去了。我们仨儿从湖州火车站出发,躺一夜卧铺到北京,再由北京朋友自驾 6 小时汽车,直达一个名叫"坝上"的草原。到了才知,我们在对的人不对的时间出游,错过了最风情万种的坝上美景。好在与趣味相投的人一起行走,心情总是灿烂的,一路上,总有人有本事弄出些风情来,使得嘻哈不断。

一路车行,少见车辆,从路牌标识中确认,坝上草原在河北省丰宁县,据说是当年知青插队最多的地方,亲眼所见,那个大滩镇上,至今还有留守知青经营着餐旅店。

在知青屋,我们吃了中饭,虽"饭困"仍信心满满地迎着太阳驾车前行,去寻找想象中浪漫到极致的草原风光:蓝天、白云、牛羊、夕阳、星星、月亮,蒙古包连成排一眼望不到边。骑着马儿,跨越在悠远起伏的广袤草原,绿茵茵的青草拜倒在石榴裙下。在黄昏的余光里,集中感官,等待烤全羊的香气飘然而至……

在车内美梦片刻,白日梦醒时分,但见乌鸦阵阵起树梢,黑压压一片飞起、落地,再飞起,又落地,看得我们仨儿心惊肉跳……这才发现,已经到了坝上草原的最深处。人烟稀少,牛羊、马儿、黑鸦尽收眼底,就是不见无际的青草,一路澎湃的心瞬间跌到低谷。难道这就是我梦牵魂绕的草原?这可是我第一次到草原啊!

急匆匆找到当地牧民询问,他告诉我们:你们应该在7、8月来玩,那时的草原才显真美笑脸,现在已是草原旅游淡季,长长的青草刚刚放倒,备作牲口的冬粮,著名的闪电湖也已进入了枯水期……

爱玩会玩的人,从来不会因错游了某个地方而后悔,既然我们选择了自由行,已经到了目的地,当然不会放过自娱自乐的机会。很快,我们找到坝上民俗风情度假村,一锤定"三乐":住蒙古包,吃烤全羊,骑高头大马。

当晚就吃住在此。

我是头一回吃烤全羊,不忍目睹点"将"杀生之举,转身捧起奶茶杯,走进黄昏的余光里,抚摸着格桑花,闻香识草,一个人静静地发呆。不一会儿,烤羊肉的香气随风飘然而至,挡不住的香味、难拒的口福,味蕾醉倒在孜然中,着实过了一把"吃货"瘾。

坝上的蒙古包,室内布置一般,鲜见民族元素,无法和西藏、新疆的蒙古包比。第一次住,仍觉得很稀奇,何况10元/人一宿

四 融 色

的低价，不忍心挑人家的刺。既来之，则安之。

9月，坝上草原已是秋风起阵。入夜，草原不见人影，只有我们一个蒙古包住着人，胆怯也得住。熟知草原习性的驴友，不会选择在这个时间段来玩，白天穿单衣，晚上穿羊毛衫，起夜还得穿棉大衣。我是初次到草原，不见青青原上草，怎么也得瞧瞧蓝天、望望星斗吧！

抬头看星星，低头看牛羊。蒙古包四周，寸草不留的黄毛地上都是马儿、羊群的便便，看着脏但不臭，空气纯净，心情当然也恢复得相当好。草原的星星亮晶晶，让我不由想起了自己的知青岁月。三十年前，江南上空的星星也很多，一闪一闪亮晶晶，可以照得见田野、池塘。

第二天的草原奔马，是我此行最刺激的运动。说到马，小时候住马军巷，穿过人武部养马场，见马就躲，连马毛都不敢摸，细读了获诺贝尔文学奖的长篇小说《马语者》后，对马亲切起来，见马温顺就上去摸摸，总觉味重。

草原上的马没有体味，想必牧马人爱护有方。我骑的是一匹4岁的马，枣红色，算不上肉满膘肥，也算毛光色润。牧马人——我喜欢称他们为"骑手"，骑手过来扶我踏鞍、骑上马背，说实话，我的心就开始一阵狂跳。马一跑起来，心已悬到嗓子眼，没跑半里地，怯心乍现。心，漏掉一拍地荡空起来，越跑越怕，死活不想骑了,便喊:"我不骑了,我要回去!"骑手说:"你不骑大家都得回!"这话说得狠,实实地将了我一军!平生最做不得倒人胃口之事,更不会损害他人利益,被逼无奈,我只得咬牙提胆,继续骑着马前行……慢慢地,呼吸才正常起来。呼吸之间,身子跟随枣红色马上下颠动渐渐放松起来,一倾一仰很快随马屁颠颠起来。一会儿工夫,骑在马背上也敢远眺风景,抬头看蓝蓝的天、白白的云,望不到边的广袤丘陵和田野。

正自在着,突然,骑手当空一扬鞭,领军马啼声嘚嘚,其他的马也放开蹄一路小跑,我骑的马没颠多久却放慢了蹄速,我就随口一说:"我的马是不是年纪大了,跑不动了?"话音刚落,骑手又当空一鞭,马儿再次加速,我猝不及防,一个前倾,差点从马背上摔下来,心一下子又跳到了嗓子眼,但很快缓了过来,马将我带上了山坡,我们下马、拍照。

返回途中,我已能骑在马背上,并行与骑手轻松聊天,得知他年纪轻轻就身兼两职:大滩镇扎拉营村主任、京北草原旅游开发有限公司总经理。我正在想:"还真不能以貌取人?"他突然问我:"你敢不敢奔一回马?"

我说:"奔马?不就是像电影里一样,让马飞奔起来?"

他说:"你说你敢不敢么?"

嗨——我这人还真经不住被挑战!我望了望远方,见前方的淘

四 融 色

伴正在马背上自拍录像，便随性来了一句："有什么不敢的，来都来了。奔！超过她们！"

"啪——"晴天一记响鞭，人，魂淘淘一来，我骑的枣红马在骑手随风而至的重鞭下，撒开四蹄，"嘚嘚嘚"地飞奔起来。风从耳旁过，身往天空挺，心已在云端……飞速超越马群，超越淘伴，超越极限……扬鞭策马，玩的不就是心跳吗？连人带魂，挑战极限，超越自我！

这次草原奔马，发乎胆怯，止于勇敢，我这个胆小鬼，终于在坝上草原策马狂奔了一回！由此感悟：放胆一搏，没什么做不到！

"花间一壶酒，对影成三人。"今生女人帮中最难忘的行走、最欢乐的时光，已成唯一。想想也是，人怎么地也需要在忙碌的工作中歇歇脚，快乐一回是一回。这次坝上草原行，看了没看过的风景，过了眼瘾；心无挂碍地奔了一回马，练了胆量，想必这般挑战的快乐时光，再遇也难！

在"素写生活"民宿寻色

没去过日本,却对民宿情有独钟。德清民宿火红时,看过洋家乐、走过裸心谷、栖在大樟宿下……别有一番情味上心头。总想着:难道民宿一定要建在山林云雾间?日本的民宿,在乡村、小镇、都市、湖畔、海边遍地开花,一样美不胜收,安如磐石!我的家乡——南太湖畔如此美景,不会与民宿擦肩而过吧?那就太辜负江南生活的美意了!

一阵秋风,一场秋雨,满眼只见绿色、红色、黄色。及绿红黄渐变色时,人,变得脉脉含情、骚动不安,心,也随之膨胀、好色起来……

深秋如此多情,特别想去周边走走,找找感觉,寻寻觅觅,艳遇一场。突然有一天,有人对我说,走,带你去太湖边看民宿、吃茶去!

难不成太湖边的民宿已悄然创立?一听民宿,心生欢喜,再忙也想去看看,是谁那么有远见,懂得慢生活里少不了民宿。

四 融 色

那天,下着小雨,随性跟朋友去南太湖边一探究竟。从湖城出发,不走途经民国影视城、蜜月小镇的太湖路,而是沿黄龙路,进入湖州太湖国家旅游度假区域,隐于都市的民宿就在菰城边——太湖阳光假日荷欢居内。

荷欢居,好名、好地,一眼可望南太湖头号地标。这是一处田园风的美地,园区内有湖、有树、有交叉林荫小道,鸟儿聚欢的地方,掠皱一池湖水,荷、柳倒映的绿,画出了我想象中的民宿风景。民宿曰:素写生活。这名,在我看来,算不上响当当的民宿招牌,但也不必揣摩取此名的用意,觉得纯粹、宁静就好。

一种又近又远的记忆,被这家名叫"素写生活"的民宿唤起。静静的风,静静的雨,带着静静的运气,挟着纯粹任性的我来了。

没想到,民宿女主人是早已熟悉的吴丽芬。许是她喜欢画画,便把民宿仅有的四间家庭式客房,分别取名为"白石""大千""莫奈""毕加索",中式复古与美式复古的融合,在人名中挑喜好,从颜色中窥品味,倒是看出了设计者的格调,设计有道,各有各的欢喜。不管是民国范还是西洋风,因这儿独有的清新和恬静,一样透着主人的文化追求。

推门见景,开窗见色,一池湖水,养眼润心,让没去过日本,却有民宿梦的我释怀了:不用去远处,静谧之美地——"素写生活"民宿就在近处,隐居于此,或寻色,或问茶,或画画,或写作……

不管是背包客，还是家庭族，一样可以找到心灵的归宿。

就是这样一座南太湖边的民宿，还没正式对外，"私人定制"已蠢蠢欲动，三五好友茗茶，七八家人品酒，吃货们还可以私人定制绿色、环保的味之素食物，太湖三宝"白鱼、银鱼、鲚鱼"，让食客的味蕾有尊严，吃后念念不忘。当然，民宿该有的待客之道，都齐活了。我先睹为乐，渐入佳境，心想着，赶明儿有远方文人骚客来江南湖城，一定推荐"素写生活"民宿。

无人之境的天堂之巅

第一次爬上无人之境的天堂之巅，是在2003年的春天，海拔1789.4米，关键词：无人、美其名曰、旅游"踏线"。

12年前，我曾登过海拔1810米的黄山天都峰，累成狗。这次，已知天命的我，因公登上了国家级自然保护区——临安清凉峰。此次还是在被国家获准打开神秘之门的前10天，有缘的是，清凉峰位于杭州到黄山的黄金旅游线上。

清凉峰风景区总面积11525公顷，一期投资3000万元开发的旅游区有"四海奇观"和一条名曰绿谷——鹿鸣幽谷的生态峡谷。

"四海奇观"：石海——云顶石林，花海——天山花海，云海——云浮千岛，林海——舟行林海。主峰为浙西第一高峰，享有"浙西屋脊""天堂之巅"之美誉。我作为媒体人，有缘参加了第六批考察团，进入还未正式对外开放的景区，准备用双眼和文字，去撩开天堂之巅——清凉峰神秘的面纱。

2003年4月的清凉峰，原汁原味的生态环境一览无遗，几乎

四 融 色

无人入境的野山风光,充满诗情画意,令人遐想。领队说,上山至少6个小时,不爬上天巅,就看不到美丽如画的风景:神秘草甸、百年杜鹃,也许还能艳遇珍稀动物,否则,就不叫"天堂之巅"了。

许多人退缩了,而我,二话不说轻装上阵。

我如此决绝,源于3年前陪新华社记者探秘龙王山的憾事。清楚记得,当时因为时间、干粮、人员意见不一等原因,没有登上山巅,后来文字描述的天目杜鹃、高山草甸,只有参考当地电视台录像资料,教训深刻。这次不要说爬6小时,就是爬16个小时,我也决意要登上天堂之巅——清凉峰,以此来弥补未登上龙王山顶的遗憾。

爬山是累人的,也特别考验一个人的意志,好在一路有新鲜迷人的景致吸引着,底气足,心不累,氧足够,脚步执着地前行、向上……途中,有一半多的同行者,一如当年我们爬安吉龙王山,在接近草甸子的山腰中,疲倦到极致而止步。同行的小曹似乎与我有同感:爬山的累,也和其他运动一样,是有极限点的,越过极限,累点就会平缓,登上山巅就有希望。此时,我俩凭着"不到山巅,枉来清凉峰走一遭"的小小心愿,也知道极限将至,任凭脚步"腾云驾雾",默念:"一不怕苦,二不怕死。"4个小时后,我们终于熬过了意志极限的考验。爬了5个小时以后,我俩在山巅的低洼处终于看到了草甸子、百年杜鹃……天太冷,花期推迟,叶子耷拉着,花蕾如白玉兰花大小,似叶,似蕾,似花。

眼前的草甸子，比我想象中的要平静、阴柔些。我用脚尖往草甸上探了探，马上抽了回来。许是电影看多了，沼泽地拖人的画面一闪而过，我把脚老实缩回，择路前行。山巅本没有路，刚开发的景区走的人也不多，越往前行心越慌，野兽、鳄鱼的画面也晃出来了……

山巅上的寂静，比没有路更可怕，比狂风更让人却步。在山巅只有草甸、没有路的林中，胆战心惊地走了100多米，我俩才发现，同行者不知何时选择何路没了踪影。几乎同时，我们对着蓝天高喊："有人吗？你们在哪里？等等我们……"没人应答，只有风打树枝的回声、心跳加快的感觉，我俩慌忙择路下山。

听说清凉峰的动植物很多：梅花鹿、麂、云豹、金钱豹时常出没，红豆杉、银缕海、樟树、榉树满眼皆是，还有石灰岩、花岗岩等特定地貌，风景如画。下山时，心慌慌，脚颠颠，已顾不上看风景，更害怕遇见凶猛动物，几只在树上跳来跳去的松鼠发出的声响，都差点将我俩吓个半死。追上大队人马的时候，我的后背已被汗水浸湿。

没想到，下午从下榻的龙塘山庄驱车回转，竟然在盘山公路上，幸遇一只漂亮的白颈长尾雉、一头足有300多斤的黑毛野猪，颇有眼福。

清凉峰，临安的最后一块风水宝地，我在"天堂之巅"留下过脚印。此行足矣！

四 融 色

Rong Se

因为涧下美

土生土长在浙江湖州近半个世纪,却未曾亲吻过近在咫尺的煤山大地。想象中的长兴煤山,应该矿石遍地,尘土飞扬,灰天黑地……这次随作家、艺术家深入煤山采风,终有机会走进煤山镇,穿过涧下村,涉足古驿道——悬脚岭,站在金钉子前。面对实景,瞬间解密了我所有的凭空想象。不怕煤山人笑掉大牙,原以为煤山盛产乌金,又要像20年前深入长广煤矿体验生活一样,下到500米矿井深处吃尽煤灰。

脚踏煤山大地,才读懂这是一座工业重镇——浙江省经济百强镇。煤山境内群山环抱,植被葱郁,蕴藏着丰富的矿产资源和毛竹资源。

形象代言是:煤山工业园、商贾财富地。

在我的印象里,老区总是穷的,山区人总是苦的,怎么就成了商贾财富地呢?当我穿过涧下——煤山镇的一个小山村,目睹连片排屋式的别墅群时,才发现自己的想象和疑虑是多么脱离现实生活。

走近涧下村,进入第一视线的是:三开门面的老年活动中心,棋牌室、阅览室、健身房是免费的,足以说明煤山人在精神文明进程中的步伐是与时俱进的。

涧下村豪华的别墅群抢人视线,涧下村绿色的风景也赚人眼球,连绵的青山被拦腰劈开,一条能交汇两辆汽车的沥青公路穿村而过;两旁参差不齐的别墅贴着山脚"呼吸",别墅像是一道道风景、一座座天然氧吧,美观环保,养眼养生。

那天,走着走着,看见一栋初具规模的别墅,门敞开着,里面正在装修。站在门口的村民说:这是目前(2004年)涧下耗资最大的私家别墅,造价加装潢160万元,还不包括土地。如果在湖州城里600万元也买不着。此处这栋欧式别墅,虽不是贴山脚而建,却不失为小山村里的一道西洋风景。它坐北朝南,数十台阶,观景台般豪迈。我拾级而上,身倚栏杆,摸着石狮子,窥探起别墅内在的富态来:西式厅堂的洋派,中式廊柱的豪迈,中央空调的奢侈……不时撞击着我的心扉 难道是涧下的绿,激活了涧下人的智慧和胆识?

他们到底靠什么富得如此理直气壮?

做生意。

什么生意?

做城里人不愿做的苦力生意。

保密?

四 融 色

正与人交流着,一辆皮卡车满载着"电瓶家伙"嘭嘭嘭地从眼前飞驰而过。别小看"车把式"那张灰蓬蓬的脸、那身脏兮兮的衣着,说不定就是个身家千万元的主,此刻,也许正在笑话我们这些穿着光鲜、体面,却囊中羞涩的城里人呢!

我只是匆匆穿过涧下,手足蜻蜓点水般停在一草一木间,心中却再也抹不走涧下独有的神态仙姿。睹物读人有时也不须时间验证,犹如我对涧下瞬间的澎湃。那日,虽没有更多的时间去观察涧下人的生活细节,但涧下人的生存状态足以证明:他们懂得土地的珍贵、亲情的难舍、一方水土养一方人和叶落归根的真谛。山里人在外拼命赚钱却把家造得如此西化,想必也想通过自己的奋斗和拼搏、聪明和才智,努力缩小城乡差别。在物质差别缩小后,也懂得将精神文明的差别缩小到极致。这点,我很欣赏。

涧下,这座在我视线里美得流绿、绿得泛光的小山村,纵有千般风情、万般绿色,仍关不住山里人外出赚钱的心,把根留在山村。同理,摩天大楼也关不住城里人进山养老休闲的心,把根留在城市。涧下,好一个留梦、留情的地方,都市人难觅的私密空间!如果可以,我真的想在涧下拥有一间属于自己的书房,一间看得见窗外绿油油风景的小木屋,买上一间更好,租上一间也行,哪怕只租10年,当然最好是20年、30年……因为涧下的美,已经瞬间俘虏了我的初心。

谁让我"绿迷心窍"了呢?

四 融 色

Rong Se

那年的元宵节过得"烧包"

祖籍山东,在湖州慢慢变老的我,小时候最渴盼的节日是过年。从年三十到元宵节,可以疯吃疯玩,吃畅玩足到了正月十五,小小年纪竟然产生了惆怅感,嘴里吃着汤圆心里却在想:元宵节虽然好,可以吃圆子、看花灯、放焰火,但是过了正月十五,意味着春节结束,一切复始,好不失落。

"50后"的新湖州人,记忆中的元宵节有多种过法。童年时家住马军巷,正月十五吃好母亲手做的细圆子后,便走到北门城门口牌楼处,看五颜六色的花灯,往往和小淘伴玩到月圆时分,站在军民桥上,点点星星戳戳月亮,月光下,笑看自己的倒影、踩踏淘伴的影子,一路嘻嘻哈哈回到家,倒头睡到春节过完。这是儿时的一种幸福,也是记忆中最单纯有趣的元宵节。

20世纪70年代,19岁的我响应党的号召,插队落户到织里仁舍公社,成了知青后,每年回家过春节,总在正月十五前赶回农村,到师傅水珠、苗英家或到小姊妹阿芳、阿培家过个元宵节。

叶家阿芳在我们知青屋隔壁,是这个村子里最富有的人家,人丁兴旺。有一年元宵节,我和插友晓惠被邀在她家过,两人超级兴奋,中饭不吃空出肚皮等待,在等待中,学会了包圆子。那时的汤圆是用糯米粉和粳米粉对半或三七开加开水掺和揉匀,汤圆分咸、甜两种,咸的汤圆一般以咸菜、肉为馅,但只见咸菜不见肉而且皮厚馅少,因为当时物质贫乏;甜汤圆一般以豆沙为馅,赤豆或者黄豆煮烂捣成泥状加几粒糖精,做成的汤团像拳头那么大。因为喜欢吃、难得吃,我狼吞虎咽了6只汤圆,几乎吃到了喉咙口,坐在条凳上直不起腰来,看看插友的脸比我撑得还难受,我看看她,她看看我,想笑却不敢笑,怕笑得胃穿孔肚胀破。记忆中,那是个月圆之夜,两人借着月光,手拉手从知青屋散步到318国道……走到春节过完——正月十六凌晨,喉咙口的汤圆落肚,才哈哈大笑高喊当地一句俚语:"客人做到正月半,面孔像块墩头板。"

这是我记忆中最难忘的一次元宵节。

现在江南湖州人过元宵节,仍沿用古代吃汤圆、赏花灯、猜谜语、舞龙舞狮子等习俗。此时,天上明月,门口火焰,碗里汤圆,家人团圆,人间天堂不过如此。元宵是从古代慢慢形成的一个节日,正月是一年的元月,古人称"夜"为"宵",正月十五是一年中第一个月圆之夜,所以称之为"元宵节"。

对我来说,唯有儿时的元宵节最值得玩味。

四 融 色

洪桥千张烟熏香

时尚女人在眼部画上个烟熏妆炫美,不见得人见人爱,而洪桥千张的烟熏味打从舌尖上过,食客一准爱不释口。我也好这一口!

洪桥,是一个镇的地名,在浙江省湖州市长兴县。千张,是一种豆制品。洪桥千张,顾名思义,就是那地儿产的千张。奇怪的是,洪桥千张不是薄得像豆腐皮一样的千张,它形似豆腐干,看着又比一般豆腐干薄些,触摸起来,手感又比一般豆腐干软些。看似普通至极的食材,烹饪成一道菜肴后,吃客们尝出了说不清道不明的锅巴香味,美食家们尝出了独一无二的烟熏香味。不管是焦香味还是烟熏味,只有从洪桥镇火烧潘村的豆腐墙门堂里飘出来的味儿才有那个——食客称道的"洪桥味"。这味儿,一旦粘舌入喉,就像注册在舌尖上的"商标",难以假冒。吃过这种豆制品后,念念不忘,我满菜场去寻找,看看像烟熏过,吃到嘴里就是没那个味。

采访了才知道,洪桥千张的食材确实独一无二,制作者是洪桥镇潘氏三代人,已传承百年。据说,80多岁的第二代传承人潘金荣功不可没，如今传到两个儿子的手上，似乎更有"洪桥味"了。潘家后代坚持选用江浙一带的老黄豆（非转基因），说土质好的黄豆有香味，豆浆率也高。制作时，仍需沿用老办法——在柴灶上架铁锅直火烧煮，边煮边搅动，其中在烧煮过程中的火候和搅动技巧，是潘家三代历练的"撒手锏"，加上点脑、"蹲缸"、挤压脱水的传承秘籍，才有那个地道的"洪桥味"。

潘家三代探索的洪桥千张食材，质量保证，不加防腐剂，数量却有限。为了保持食材新鲜，长兴新紫金大酒店的厨师告诉我：可将10厘米宽、20厘米长的千张对折后放在水中，存放在保鲜柜里。那天在现场烹饪时，厨师采用的是洪桥一带农家传统烧法，将调好的汤汁和切好的肉片放入锅后，点火煮到千张凸起（也可以先将五花肉片煸出油，放入千张，煮到整个千张向外凸起），加大蒜叶等调料。

只见厨师将烧好的洪桥千张菜肴用白瓷装盘，放在紫色竹垫上。配上一把茶壶、一只茶盏的创意，意在提醒食客：长兴是陆羽写《茶经》待过的地方，他在写书时，最爱吃的也是洪桥千张，美食文化的意境油然而生……我的感受是：烹饪好的洪桥千张看上去色泽红亮，吃起来比豆腐干软，但比老豆腐有嚼劲，回味时略带豆浆味，当然还有别的地方做不出来的烟熏美味。只要买对食材，做出来的洪桥千张菜肴就好吃，我住江南，有谁能告知在哪儿能买到正宗的？呵呵！

四 融色

Rong Se

千年慈母状元包

那日,我兴冲冲赶赴一场美食大比拼现场。作为一枚吃货,我几乎是咽着口水看完每道菜的制作,其中有一道美食的菜名特别文艺,迅速吸引了我的第一视线:

只见每只小紫砂盏内,一株"红嘴"菜心长在浓汤中,长形的千张包子上,点缀一朵小小"蝴蝶结",10只小盏分成两排,放在一只长长的托盘内,配上《孟郊故里》的主题雕刻。一道菜,和盘托出了一个1200多年前孟郊赶考中第的故事。

这道会讲1200年前赶考故事的菜,学名叫"慈母状元包"。乍一看菜名,食客便会问:"包子是什么馅?"一听说是用千张、糯米等食材做的,食欲来了,回味菜名,故事有了。千年之前,这道菜在武康叫糯米千张包。民间有口耳相传的故事:唐代德清武康人孟郊(751—841年)第四次赶考前,母亲特意为儿子做了糯米千张包这道菜,她隔夜将糯米淘洗干净浸泡水中,第二天一大早,将浸泡涨开的糯米放入蒸笼里蒸熟,加笋干、酱油等调料搅拌,然后用当地的千张把搅拌好的糯米裹起来,用棉线扎牢再蒸……796年进京赶考的那天,孟郊吃了裹着糯米的千张包,估计不仅吃出了糯软可口的美味,还吃出了母亲的浓情和希冀。他肯定明白,母亲将千言万语全裹进了千张包里了。时年46岁的孟郊,这一次,带着母亲的无限寄托进京赶考,结果还真的就考中了。后人便将著名诗人孟郊的代表作《游子吟》诗"慈母手中线,游子身上衣。临行密密缝,意恐迟迟归。谁言寸草心,报得三春晖"中慈母缝衣的场景,切换成慈母掌勺的场景……延续千年。

沾着浓浓慈母情、乡土味的糯米千张包,传承千年后,从农家餐桌上搬到饭店、酒家已近三十年,经过莫干山大酒店掌勺人的不断实践,集"糯米千张包"乡土口味之大全——用千年小镇洛舍独门秘方的千张、湖州太湖一带优质的糯米、莫干山的笋干、下渚湖的葱白,借唐代大诗人孟郊赶考之典故的文化包装,将"糯米千张包"打造成了色香味俱佳的"慈母状元包",看看都会流口水。

现在吃到我嘴里的慈母状元包,色泽红亮,口感糯软,营养丰富,美味又充饥,用文艺一点的说法,就是越来越有慈母的味道了。吃货如我,回家就模仿做成了,除了食材不讲究产地牌子,吧唧吧唧吃到嘴里一样鲜美。

四 融色

Rong Se

秋风徐来焗白果

秋来了,长兴小浦镇八都岕的银杏树上,白果挂满枝头。秋风三巡,古银杏树上开始飞舞金黄色的扇形叶子。此时的著名风景地——十里银杏长廊,呈现出秋天里最美的景致。一枚枚白果掷地的韵律,一片片银杏叶飘落的舞姿,吊足了游客的胃口。看了美景,就想美食,惬意的是,不管歇脚在长兴哪里,总能吃到一道最简单的绿色环保菜肴——古法焗白果,学名盐焗白果。

在深秋,嘴里吃着原汁原味的盐焗白果,脑中会泛起20世纪70年代江南某个街角卖白果的场景,至今清楚记得小贩的声声吆喝:"香炒里格肉白果,香又香来糯又糯。"吴侬软语也不相干,因为香气飘到鼻尖,却没钱买来吃,所以记恨了30年。母亲劝说道:"白果有毒,一棵树上总有几粒白果是有毒的,万一吃了……"那时我年小认知差,其实是白果不能多吃,吃多会中毒。美食记忆如此强势,想想都有点奇怪。现在,当我挡不住白果的诱惑时,便在家中用微波炉转一下,当零食吃。而立之年后自己管自己,想吃多少就吃多少，想怎么吃就怎么吃，管它那么多！

白果治妇科病，是我从农村返城工作后才知道的。当年广播站里堆满了水泥杆、预制板，夹缝中却有一小一大两棵银杏树，小棵的是雄性，远远授粉；大棵的是雌的，所以结果。据说雌的有百年树龄了，每到秋季硕果累累之时，一位夫人在妇幼保健院工作的男同事就开始忙碌了，在竹竿上绑着用铁丝做成的钩子，或爬上树钩拉白果，或站凳上敲打树枝，白果滚落一地，他便将打下的白果放入水泥槽里，穿着雨鞋踩踏果皮，然后拣出白果晒干，一般都是星期天来弄。有一次轮到我值机，一进大门，一股难闻的白果皮囊臭味随风飘来，见他忙得满头大汗，便捏着鼻子说："这东西有那么好吗？值得你费那么大劲？星期天也不休息。"他呵呵一笑，说："你不懂，我夫人说了，白果是好东西啊，上海人喜欢得不得了，可以治妇科病。""这话说的，好像上海人容易得此病似的。"我不懂装懂地应声笑了笑。现在知道，白果不仅是一味药，还可做成一道道美食，盐焗白果只是其中的一道。

不过，长兴的盐焗白果，早在10年前就写进了吃客的美食清单里。这道菜，受传说故事的启发，借鉴了前人爆炒白果的方法，经过潜心研究独创后在当地推广开来的，一直是食客的头道菜品。

当下，白果养颜、延年益寿等药用价值被认可，喜欢吃盐焗白果的食客越来越多，加上白果这种食材，绿色环保，没有一丁点污染，做法也极其简单、纯粹，不添加任何调料，只要用心做，就一

四 融色

定能做出盐焗白果独有的滋味。在一次厨艺展示现场,我尝到了长兴紫金大酒店吴大厨做的盐焗白果,那地道的"香又香来糯又糯"的滋味,胜过任何一种用白果食材做的料理,过舌不忘,食后学做。

听说这道清雅菜品的原创人就是吴师傅,大家都想学一招。吴师傅说:"数百年来,白果的吃法变幻无穷,可上高档宴席,也可烘烤家食,反而忽略了一种最简单的做法——盐焗白果。"说完,吴大厨展示了最原生态的古法焗白果:先将食盐放入铁锅中炒热20分钟,加入白果,用慢火不停地翻炒,炒至白果膨胀裂开,发出爆响声为止。一定要注意,火的温度不能大,太大会把盐烧焦,导致白果外壳变黑,白果肉的水分流失,变得干硬就不好吃了。

古法焗白果就这么简单纯粹,简单到人人会做,纯粹到用心做就一定好吃。这,就是盐焗白果的滋味。我也自己动手做过,因为粗盐买不到,只做过一回,过过嘴瘾而已。

五　融 化

本人对出书领域中的诡异有了免疫能力,有脱轨穿越时空之先觉,逐渐断念,只对出书拿稿费刮目相看。当下,真是个适合写大散文的年代。

从古镇老街破门而出

答应为《记忆滨湖古镇》散文集写点感悟时,心中还没有谱,题目倒是先跳出了一个:"一方水土养一方文人。"有了这个最贴切不过的主题,想要拒绝(本人从未写过此类文本),也难下狠口了。好在文章做起来也走谱顺笔。

题目一锤定音,有来自答朋友问:"老徐是谁?"我没走脑子就答:"织里文人。"在背后我更习惯向初识他的人介绍:"作者是织里的文化名人。"我想,用这样的定位来推介这方水土上的文人,别人也会转过身来思考:这满大街都是童装老板、棉布大亨的织里(中国童装城),也能积淀人文?出文化名人?

织里自古出商人,鲜见文人,但一冒就冒出凌濛初这样的大文豪兼出版商,与文化搭边的商人还有晟舍(晟舍属织里)的闵家。有史料记载,明代雕版印刷业就在本土兴隆。自从有了凌、闵两家儒商巨头创业印刷,织里晟舍一时成为全国三大刻书业的中心。文脉延续至今,书香渐行渐浓……

五 融 化

我与织里的缘分,由人生两大记忆相连:织里冬泳与晟舍落户。少女初长成,冬泳表演到织里。40年过去了,至今难忘从织里中学冲入雪地冰河的那一幕:记得当我穿着泳衣赤足准备下河时,下意识地转身望去——只见织溪两岸雪地上,站满了裹着棉袄、卷着袖笼、踮着脚尖围观张望的织里人。突然间,感觉踩在雪地冻土上的冰脚丫起了温度,感觉扑入河中时水也是暖暖的……

时隔3年,我成了本土知青,插队落户到了晟舍乡晟舍村,真正走进了凌、闵故里,竟然对两位大师的"丰功伟绩"未知未觉,可见当时对本土人文知识的缺失程度。

认识徐先生因文而起,他在当地操持着一家雨人广告公司,却常有文章见诸报端杂志。文章内容大都涉及织里的人文遗韵、本土风貌、童年江湖、名人特写。尤其对凌、闵两家以及辛亥革命烈士姚勇忱等织里名人的研究挖掘、阐述发表,很有见地。可以说,他对织里的人文宣传是有贡献的。

个人以为,一介织里文人,身处商地,爱上写作,还费时劳神地为本土人文"摇旗呐喊",实属不易。仅有爱好没有定力是做不到的,这方水土绝对养不肥文人。想想20年前就已名声在外的本土油画家许羽、民间艺术家阿华和笔耕不辍的徐先生,如果他们仅仅靠舞文弄墨拉二胡,一定养不活一家老小。

在物欲和商机并存的织里,本土文人处于弱势,但织里文人的慧根，绝不会盘绕在一棵树上。我确信，织里文人有织里文人的活法。否则，我重返知青地，哪有眼福欣赏到绿树环池的青葱别墅和特立高耸的私家排屋？

作文一辈子，想必都有一个念想在心中澎湃：一定要出书。现在，本人对出书领域中的诡异有了免疫能力，有脱轨穿越时空之先觉，逐渐断念，只对别人出书刮目相看，倍加赞赏。织里文人徐先生终于要出一本书了，书名坚持用《记忆滨湖古镇》而不是《记忆古镇》，总有作者的想法。

我想，除了织里文人与生俱来的特质外，很大程度上与作者的人生观有关联。常言道，一个人的生命中没有一条江，也该有一条湖。"江湖"可以存照。徐先生有幸依傍太湖滋养生息，此生足已。《记忆滨湖古镇》正是作者半个世纪江湖生涯的记录！

有句俗语说"读散文必先读人"。每个人有每个人的特质，尤其是文人，为文做人特质各异。

都说徐先生为人厚道，给我的印象——他就是织里这方水土上的本真文人，不擅言谈却不乏热情，因而结交了不少深圳、上海的资深记者、文化名人、书画大家。他为文严谨，文蕴深沉，叙事写人不"风花雪月"，启迪心智不"乱炖一锅"。有点想法，似乎从滨湖之上踏浪而来，又从古镇老街破门而出。读他的文章，必须先静心定睛细嚼，方能读出文中滋味。作者脚踏织里这方水土，用向

五　融化

善的笔墨，叩问大地、关注人文、善待自然，一如其为人做事般温和靠谱。他不会因遇见名家而把人写到天上去，更不会因发现一只千年龟而把情抒到天堂里。

自己不敢写散文，却对别人的散文说三道四，绝对不符合我的性格。我只认知当下是个适合写大散文的年代。

每个人写作散文的状态可以不同，有人在心情不好的时候写散文，宣泄内心的悲伤情愫；有人在心情特好的时候写散文，倾诉心中的喜乐快感。但，初写散文必须要用真性情，足够真就美。一旦天地贯通以后，离散文大家就不远了。

与碟神交的女人

初识"暗地妖娆",缘于彼此都深度读碟,知道她写的影评,深迷读者。向她约过稿,看过她写的随笔、故事,翻过她与别人合作采写并出版的长篇报告文学《石油之子王启民》一书。细读过她的点击率超高的人气小说后,有点明白她取"暗地妖娆"网名的隐喻。

在小城,与影碟神交的女人不多,她是我认识的第一人,我报出的碟名她几乎都看过。见面不多,关注度不减,知道她辞职当自由撰稿人了,作品点击率赚钱了,签约出书了。新鲜出炉的《盛宴》,共20多万字,是她签约出版的第一部长篇推理小说,由天津人民出版社2012年2月出版发行。

小说故事惊心动魄:伪满洲国时期,溥仪为庆贺新中国成立10周年,在嘉乐殿设午宴欢庆,席间,川岛芳子、溥杰及妻子嵯峨浩、祥贵人谭玉龄等人均在场,李香兰登台献唱。孰料,溥杰的同学兼挚友玉木将生在宴上中毒身亡,引发轩然大波。陆军中将吉冈安直为平息事端,对谋杀案进行秘密调查,并将嫌疑人锁定在川岛芳子、

五 融 化

Rong Hua

李香兰与婉容三个女人身上,他利用自己"御前挂"的身份,一一对她们进行审问,从她们口中得知了整个事件背后不为人知的"真相"。同时揭开历史的尘封,几个女人从前的秘密也一一浮出水面。

说起写这部推理小说,"暗地妖娆"笑着囔道:"说实话,写《盛宴》缘于我的一次赌气。因父亲总说我缺乏写小说的才能,说写小说就如下棋,要埋线布局,有梗放在里头,后边再一一抖开。我一听就不乐意了,谁说我没这个能力?干脆就写最考验布局能力的推理小说罢!"

关于题材的选择,她张口便说:"这本小说,我个人一直都很满意灵感源头——以我最'钟情'的川岛芳子、李香兰、白光、婉容及谭玉龄五位女子为主线,写由她们的爱恨情仇引发的血案。大概鲜有我这样的推理小说吧?书中没有一个严格意义上的坏人,也没有正儿八经的好人,都是些用心机、城府做事的人物,但都陷入爱情的迷局,而且谜中谜、案中案,时空交错分布,将一桩血案的'前世今生'都写尽了。"

提及《盛宴》里虚构的故事,与历史人物真实性的处理这个敏感话题时,她更是直言不讳:"《盛宴》里的故事,纯属杜撰,但有一点可以肯定,便是这些杜撰的案子发展到后来,都与历史真实记录的发展与结果相吻合,权当是我与历史戏说玩的一个游戏罢。书写完的时候,父亲跟我讲:"这个尺度对中国的合法出版物来讲,已经是触碰高压线了,你今后写的书都不能这么阴暗、血腥、乖张,也不能从头到尾都没有一个纯正的好人,否则小说的路子,你很难走下去,这次是运气好。"我想,最复杂莫过于人心,若好人都往好了去写,坏人都往坏了去写,那不是小说,故事可以虚构,性情要真。当然,我知道《盛宴》出来之后,必定会引发争议,有骂的,我自能承受;有赞的,我受宠若惊。"

在我看来,她是自信的,写作的人至少内心得自信;她又是性情的,写小说的人一定得是性情中人。她写小说,我也偏爱写小说,面对面,她同样真性情地说:"第一次写推理小说,我写得非常爽,以前一直感兴趣的推理环节都用上了,本格的、社会的、案中案的,甚至叙述性诡计,外加'不到最后一句,故事便没有结束'的桥段,写好后,顺便拿父亲做'实验品',看他有没有提前看出来,如果他没猜到谜底,我就放心了。戴着镣铐跳舞的滋味,我也是第一次尝,所以消化不良的情况也可能会出现。能出版这部小说,也不枉我辞职出来当码字工的决心!"

谁都知道,收获往往是以残酷的付出为代价的。曾以影痴、书痴为傲的章苒苒,读碟深入了,写作时画面感不时袭来,学贯中西了,创作时的想象力丰富异常。

当下,"70后"的她创作正健,有足够的理由为《盛宴》"暗地妖娆"一把!

我对这些微笑，对你也一样

俞力佳出书了，我一点也不惊奇。这位在20世纪80年代就具有影响力的诗人，确实早该出书了。只不过，人的价值观不同，近十多年来，她一直选择用网名"鱼一直在游"在新浪博客上"出书"，在文友圈里，她总有本事把生活过得很诗情画意。

读她的诗不多，却很早，在20世纪80年代末。那时，写诗的人没现在多也不矫情，她的诗不愤青亦文艺。读她的散文已在2000年，时间跨越很大，读后就记住她了。一路总有文青粉丝陪伴，出书也一样，是爱心文青和女友极力推荐促成的。

这本"书"成为纸质，是2015年的事，书名叫《我对这些微笑，对你也一样》，从文字、书名到装帧都非常符合"鱼"的品位，一如她做人的腔调，小资、文艺，喜欢荡来荡去看风景，交友更是行家里手。

以前，一直把力佳归档为先锋诗人。一位看上去多愁善感的作家，写出来的诗歌，疑似安抚灵魂、内心接受神秘的东西。后来，

五 融 化

在从业的纸媒《博客村》栏目里读过她写的几篇博文，才发现诗人写散文的语言魅力，经历和阅历的与众不同。这次却因为喜欢，认真看了每一篇，大快朵颐她细腻如茶的散文后，对语言特别敏感的我不得不私语起来："她的文字如刺青图案般入眼，我读出了细腻如丝的美感，浓得洇成花，细得看见丝。"

阅读习惯中，有些文字划过，有些文字久久停驻。读力佳的文字无法快速划过，最好沏一壶茶或者滴漏一杯黑咖啡，慢慢品、碎碎念，便会从"食""花""人""说"四辑中，读出食物中的生命，小资中的情调，人物中的温度，话语里的脉搏。在文字深处弥漫爱，渴望情。她的散文，有太多的诗化之处诙谐的语言、独特的写作风格，如同为人处世。

做编辑久了，有一种习惯，就是拿起一本书，先看看作者大名，再瞅瞅目录，进入视线后，便急切地翻看序，或者阅读跋，力佳的书没有这些点缀，应该与性情无关。我只是性急之中，本能地先读了最后那篇《时间》，读它特别有感觉，正好验证了贾平凹先生说的"年龄和经历是生命的包浆"那句话。

读书就是这样，当读者与作者的文字一起飞舞情绪，触及心境，产生共鸣，便会恋恋不舍；当你像粉丝一样阅读这本《我对这些微笑，对你也一样》，一定会成为她的粉丝。读书如此，读人也一样。

三上"大书房"

本以为"知天命"而少梦,哪知今年春分过后夜梦连连。追梦而寻:像是强牵着朋友那条惠比特狗,闯入了别处的"大书房",忽见花香散处。笑着醒来,想想有趣,越想越有想法。欣欣然执笔书怀,因缘于此梦不蹊跷且又有出处,应验了口口相传的"日有所思,夜有所梦"。

今年春夏之交,我曾三次遇到上"大书房"观光的机缘,而这座"大书房"不是别处,正是英伦风格的长兴图书馆。

人称博物馆是一座城市的面孔,那么图书馆呢?我想至少是本土的一张名片,而长兴人称图书馆是市民的"大书房",出言有理,值得一品。我三次去"大书房",都与长兴本土文化人搭边,本文感想也由此而生。

初上"大书房",由本土诗人推荐,新鲜走入,东张西望感慨一阵后,三五文友携茶壶茶盏,登上二楼空中书吧入座,先定神转睛空中格局,然后斟茶品茗随手翻册,倒也自在。想起一向喜欢上

五 融 化

图书馆借书的我,已数年不办卡、不借书,到底是时间不够用还是舍不得脚步,无暇追究。记得20世纪后期,我刚进单位没钱买书常上图书馆借书,也读得滋味万千,现早已忘了有几许押金没有取回,挣钱买书时,偶尔也上"大书房",浏览一些买不起的时尚画册、零售不到的先锋杂志和不值得买的老牌文学期刊。

二上"大书房",是湖州市文联组织部分在湖州的艺术家去长兴采风。观市容、闻花香、走净土、看贡茶院。其间,在当地文联主席的引领下,我再次踏入长兴图书馆,置身市民"大书房",上上下下走动,忽觉书香之门与花香散处,梵音、佛言、慧光浮显。我喜欢书香之地,无论大小;也喜欢花香散处,和谐就好。联想刚来过中国访问的土耳其作家帕慕克所说的话,更有触动。他说,自己生活的国家几乎没书和图书馆,便借口拥有自己的书房,却在自己的书房没有多愁善感的情怀。大意是:与其对小书房不动情,不如上大书房过把瘾,前提是"必须先相信自己已拥有了读书人应该有的智慧"。这话在我听来意味深长。

三上"大书房",是在梅季天降暴雨时,此行之后,我可以斗胆地说:"不熟悉长兴,但熟悉了长兴市民的大书房。"

当长兴作家协会主席兼政府官员再一次推荐上"大书房"时,我已心领神会,主动要求采访图书馆馆长,让她打开馆内所有空间:在全省独有的"浙江作家书库"找自己的书;进全省首家音乐视听室欣赏古典音乐;入全国第一家视障阅览室体味盲人的阅读方式——将汉字文章直接翻译为盲文,将盲文直接翻译为汉文,并采用多媒体语音处理技术截取来自屏幕或键盘上的信息,使其同步发声,帮助视障读者操作电脑。同时,配上进口点显器,让视障读者享受到丰富多彩的文献信息资源。多么仁慈仁爱的智慧创举,我心波澜起伏。那位有视障的同行好友更是切身感受,默默掏笔记录的瞬间,我悟了,潮了眼。

三次上"大书房",次次感慨长兴文人对本土文化的热爱,感知他们为推介本土文化所做的努力。从诗人到作家,从文联主席到本土官员,个个拿出看家本领,将长兴最美的风貌,连同本土文化最美的细节一起推介给热爱文化的人。

这是我三上"大书房"的意识流动!而梦中的我,早已把这座市民"大书房",想象成自己的书房、自己一个人的书房。在这大书房里,没人会晃腿,只有自己的腿在晃动;没人在晃头,唯有自己的头在摆动;没人在说话,只有自己的心与书在碰撞。

五 融 化

Rong Hua

青梅可嗅的"食堂"

闲聊中，常听身边的青年女作家说喜欢《深夜食堂》，还时不时摘录书中的句子，放在微信朋友圈任人点评，心想一准是枚吃货，便去网上查看。不经意间，我误点开《深爱食堂》的网页，却是一部泡沫电视剧。

有人看剧先看演员，没有喜欢的偶像便不看，个人习惯先看看这戏是谁导演的，然后再查谁主演。这一查，硬将一口茶水笑喷在电脑键盘上，差点笑尿，名不见经传的导演大名曰宋月经。这么狗血的人名不改，想必是用来吸人眼球的。

不久，一次事先张扬的新书交流茶聚，女友将她新鲜出炉的书带至文友家中，一看书名《深爱食堂》，立刻蹦出那个奇葩导演大名，屏住呼吸暗笑了一把。怕影响书人和粉丝的兴致，我没有直言说"这个书名已经有一部电视剧了"，而是问："书名不是叫《花心》吗？咋成了《深爱食堂》呢？这部长篇小说，是不是你之前说过的为纪念潜水意外身亡的驴友而写的？"

她说:"是啊,是为纪念叶小凯而写的小说。《花心》的书名送审一直没批,经纪公司改了书名才通审出版了,在你们看来,此书悄悄出版,其实不然,送审耽搁已久。"

也好,《深夜食堂》去年走红,一字之差,《深爱食堂》步尘不晚,你懂的。

女性小说,一直是键盘上的符号抑或是"碗里的菜",看过《深爱食堂》简介已欲罢不能,想必看完借来的书、与工作有关的书,再心心念念捧读不迟。

文友的新书登场已过一月,她倒好,见面聊天从来不问宣传如何,啥时见报?不像有的人,催来催去,无奈挤成"豆腐干"。她是最给编辑自由的作家之一,自觉常常怠慢,也仅限于宣传时间上。遇上这样善解人意的文学腕儿,编辑越愿意花心力,在版面的编排和报道上多思量。

看完《深爱食堂》,觉得书名蛮搭这部小说的,不仅如微友所言"书名别致有趣",而且比原创书名《花心》更有深意。不过,看此书不用准备手绢、纸巾,尽管作者答微友问:写的时候有哭。那种触景生情的泪水,想必是作者专利。小说是小众艺术,自肥魅影也罢,不定有人意会,吃货可是一握一大把。呵呵,本人也是吃货一枚,当心食物有灵!

想起另一位微友所言:"真是写什么出版什么,太厉害了!"

五 融 化

不知不觉中,已然成了写作女神的粉丝。从她出版的第一部长篇《盛宴》起关注至今,不过五六年时间,她辞职后,蜗居创作的十一部长篇小说,一部中短篇小说集,全部由经纪公司策划出版发行。同样偏爱写小说,真心想对她说的话是:"你是最让文学创作者内心佩服的作家。靠稿费生活,得有多深的底气撑着?曾经不菲的稿费,也是我想写作一辈子的动力。"

喜欢《深爱食堂》,便多了题外话,舍去书评,斗胆从"暗地妖娆"(章苒苒网名)的博客中截了《深爱食堂》创作谈(另文),与读者分享。个人以为,当下的书评,顺须捋毛,少了锋芒,味同嚼蜡,不如抬眸,看看创作者灵感瞬间勃起的"自嘲"吧?语言很爆却性情在!

五 融化

Rong Hua

厚道是书生的大美

也许,每个人阅读与写作的出发点会不期而遇或者是不尽相同,但优秀的作品一定是思考人生,助人开阔眼界、打开胸襟、让内心变得更为宽广、反思在胸的。

读《世道人心入梦》一书,就是这样的感受。

怀揣这样的感受,周日,我匆匆赶到德清莫干山一个文学现场。二十多位同仁同道,以杂文的名义,因缘聚会,专门研讨作家张林华的这部大作。

在四个多小时里,聆听杂文大家的观点,呼吸文学的芬芳,我内心温暖而又澎湃,感觉特别有气场、充满正能量,恍若内心交流。

在这个纯文学现场,第一次遇见了著名学者、中央文史馆馆员舒乙,著名杂文家桑士达、赵相如、李烈钧、姚振发,还有著名作家赵健雄、鲁迅杂文奖获得者陆春祥、《都市快报》专栏评论员徐迅雷等。

学者、杂文大家们的发言是直抒胸臆、独有见地的。我也特别认同著名学者舒乙对《世道人心入梦》这本书的评价：作者关注的有许多是社会热点问题，敏感性很强，可他并不回避，乐于加入讨论，乐于说出己见，亮出观点，一针见血，丝毫不含糊，显出了坦荡的胸襟和敏锐的分析力，令人钦佩。

关注世道人心，"痛点是世道人心"！

杂文写出人生思考，似乎成了这次研讨会的共识。一个现场，十来把"匕首"对准一个作家，释放的是社会的正能量。我已许久没听到人们对杂文的高度评价了：杂文是一种具有针对性、思辨性的文体，它需要对社会的时弊、丑恶、不公进行鞭挞、抨击，发表个人的见解。《世道人心入梦》可谓是力透纸背，"只为苍生说人话"的气节与风骨，恰恰展示了一个写作者高度的社会责任感和人道主义情怀，笔端有一股正气，光明正大，有气势，有震撼力。

一个现场，道出了作家们对当下杂文写作、走向的思考，人生与道德的考量。徐迅雷从"惊叹号里的情怀"，读出了作者心中有大爱；姚振发从"温柔下的锐利"，诠释了书生的人格品质……我沉浸其中，免不了几多感慨。

作为地方报纸的副刊编辑，我也感慨当下好的杂文不多见，不要说对社会问题"鸡蛋里挑骨头"的杂文，就是批评的声音也渐行渐远。张林华的杂文有这种声音，只是更"文学"了。个人以为，

五 融 化

杂文"文学化"写作,一般杂文作者很难驾驭,这种不寻常的叙述姿势,是智商情商的机智表达。我与赵健雄先生现场所言不谋而合:"曲里拐弯的表述,才会产生歧义的美学意义。"说的正是——文中意境都在拐弯中,这就是杂文文学化的魅力!

张林华的作品,智慧就智慧在其中。

一直以来,非常推崇张林华这样的写作姿态:一个具有忧患情怀的作家,一个能够持之以恒抒写民族苦难、敢于面对和撕裂自己灵魂的人,他的历史书写,可能未必能做到惊天动地、荡气回肠,却可能多少成为安抚这个社会中相当群体的不安灵魂的片片灵药。

近年来,读他的文本,感慨几多:内容大气,文笔大美,主题犀利是他的作品特色。作者笔下,流露出浓浓的悲情,有书生特有的内心大气——写作者的胸怀、一种写批判性杂文难能可贵的胸怀——让读者在品鉴作品时融入自己的想法,给读者留有阅读思考的空间,在自我判断中找到阅读快感。与时代呼应,与读者贴近,与文学观照。作品立意有高度,政论思想有深度,但文笔绝对是文学性的。每篇作品的题目与时俱进——有时尚鲜活的,有文学意境的,有简洁轻松的,更有深邃惊叹的。十多年来,已习惯把他的作品当作散文、随笔来欣赏,而最让我感慨的是:有为文的厚道,更有为人的厚道。恰如有学者在现场感慨,厚道是人间的大美、书生的大美!

第一次这样去谈论一位作者和一本书,我也是醉了!

文笔辣己最性情

性格使然,一向不擅长为他人的书写序。五年前,为第二故乡的文人写过一个,看到书时发现,竟然有 N 个序,立马晕了,再遇求写序,一律婉拒。有人说,这有什么,还见过一本书里有十多个序呢!呵呵,真是文坛奇葩多!

老徐(笔名)让我写后记,我也晕,不敢担待、不想应允、一拖再拖。后记和序言一样,可以由作者或他人撰写。在我的认知里,后记最好由作者本人写,没等我把这层意思说开,她已将自序写好,私发到了微信上。真心想说,我被她有感而发的写作速度"惊"到了,被她爱上写作的痴狂劲头"电"到了,被她对生活充满感悟的激情"煽"到了。拗不过老徐的坚持和对写作的痴情,我就破例一回,权当"序言""后记"齐活了。"丑话"说在前头,我在这类书写里,把作者和作品捋得很清,不会出现媚词,这也是我拒为他人的书写序言和后记的原因。

跳槽去纸媒做副刊编辑二十年,遇见过形形色色的写作者,有

五 融 化

的成了文友，有的成了领导，有的成了过客；有人点赞，有人惋惜，有人"举报"……酸甜苦辣的应对，"一笑了之"的消融，几乎耗尽我生命中最宝贵的写作时光。走到编辑生涯的尽头，遇见对写作激情澎湃的老徐时，正脱胎换骨，转换角色、不以为然了。曾对她说，此时遇见，真不是时候，一直"为他人作嫁衣裳"的我，真的累了，想歇"活"了。然后，重新审视文学创作。

遇见老徐是今年的春天，比遇见她的文字晚了三年。2013年，同事陆续向我推荐了老徐的文章，不入编辑"法"眼，不等于不能见报，心想："她用小资情调的文笔、叙述对生活的诗情画意，应该有读者喜欢的。"于是，老徐的散文开始登上《南太湖·周末》副刊。

2015年的一天，突然接到老徐的电话，她急急地说想写一桩刚刚经历的逆心事……问："这样的题材可不可以登报？怎么写才符合纪事版？"彼此聊了很久。与作者这样的交流很多，但老徐的声音，我还是第一次听到。没想到，这次她匆匆写来的纪事散文《苹果与手机》，还真入我眼了。

不久，老徐的第一本诗歌散文集《门前的河流》，不知是谁拿来，放在了我的办公桌上，没留下片言只语。书封装帧别致——钢笔画中，一位仰望天空的女人躺在花丛中遐思。这让我吃惊不小，这么有实力啊？从未在湖州文坛显山露水的老徐，不仅写散文，也写诗歌，还出书……真不能小觑。从此，我记住了她的名字——徐为群，一位在金融行业的白领。

此前，我们未曾谋面。

偶尔，她会电话我，说很想一起喝喝茶、聊聊书、谈谈写作。以我执见，写作是一件奇妙的事，各有各的套路，很难"谈"出名堂，因为每个人的阅历不同、喜好不同、追求不同，写作姿态一定是不同的。遇上我被动、慢热的个性，短时碰撞，是无法抵达写作"领域"的，只会浪费彼此的时间。何况，我做副刊编辑的心，柔软里嵌着刚性，哪怕面对面评说稿子，也不会说恭维话，更不会说违心的话。现在想想，不止对她一个人说过这样的话："你的文字浓得化不开，简洁些、再简洁些……"以我的真诚，不知得罪过多少写作者。这些作者中，有的早已是省作协、中国作协会员了，文笔辣人。

老徐爱上写作不过三年，就自费出版了两本书，写了将近二十万字，实属不易。由此可窥：她对写作的热爱，已等同对生活的热爱，甚至到了"情有独钟"的地步！

同样是一部诗歌散文集，《滴落的水珠》比之《门前的河流》，显而易见地清澈透明，依然是一本她心中的书，继续透露着永无止境的写作欲望，澎湃着时光隧道的青春出场，张扬着"语不惊人死不休"的梦幻旋律……恕我直言，她对文学写作还沉浸在自我追求的状态中，有一种"不撞南墙不回头"的憧憬与缠绵，把写作过成了生活，把生活写成了诗歌，把诗歌活成了生命……直到顺着心，

五 融化

把视线拓宽,让语言凝练、清晰、流畅,最终找到属于自己的叙述语言为止,才不枉爱上写作!

一个女人活到中年,开始爱上写作,在小桥流水、诗情画意的情境中,还写出了名堂,与人分享,文笔辣己也性情……这是我最欣赏她的地方。

写作,已然成为老徐的一种生活方式,再过十年,当她的文笔辣人了,一定会更性情。因为,我眼中最性感的女作家,文笔一定是最辣人的!

后　　记

阅读与写作是我前生今世的缘

二十年前，出版第一本小说集时，我便夸下海口："不惑之年，出若干长篇小说；天命之年，出一本随笔集；耳顺之年，出一套老马自选集……为人一生，也算是有所交代了。"

私下与文学写作签下终生合约，纯粹性格使然，环境所造。初出茅庐，身边亮出一帮文学青年，整天不是说买了、看了什么好书，就是说在某某刊物上发表了什么文学作品。那时，不文学还真不行。

陌上相逢，误入文学。为此，就想成为像他们一样的文学愤青、写手，随心所欲，"痴"而不狂。

当我发现阅读是如此妙不可言，文学又是如此使人信誓旦旦时，已是少女初长成。青春时的梦想追着成熟后的感觉来了，知道自己要什么能干什么了。

我素来不是一个热情主动的女人，且敏感谨慎，不擅交际，不

后 记

喜与人交往过甚，喜欢与世无争的纯粹、独处、静好，依然朋友多多，他们愿意向我倾诉，绝对与人品有关。自知不够勇敢，却愿意为了文学纯粹一辈子，默默坚守，徐徐践行。

阅读与写作，是我前生今世的缘。我的父亲，一生与书为伴，低调做人；我的老哥，与父亲一脉相承，满腹经纶著与书；我也不喜张扬，虽然继承了父亲的职业，新闻一辈子，也传承了父亲内敛的性格，且拒绝被采访和被宣传，错过了许多机会（现在想想我是多么的传统与守旧，不与时俱进），唯有在文学阅读和文学写作中，内心才极其张狂、激情澎湃、记忆重叠、想象爆棚，划过的灵感里满是风情，愉悦在心。

性格即命运。一路走来，迷失了，就与书籍为伴，对书喃喃自语；孤独了，受委屈了，就与写作为友，风花雪"夜"。人的一生就这样过，内心风情万种，自娱自乐，感觉美好！

幸运的是，在爱上写作的人生路上，总会遇见推我、助我一臂之力者。在荐稿、约稿者中，许多编辑都未曾谋面，包括职业选择纯粹推波助澜的人，使得我在文学创作的平台上，开枝散叶、瓜熟蒂落。

半个多世纪过去了,时光的沉香,也都在我的文学作品里了,活色生香,感觉挺爽!

出一本随笔集,离愿望推迟了十年。其间,书界大变,出版界更是。自知急不得,一如我的慢热性格,唯有看缘分了。

然书缘、佛缘、茶缘之中,我遇见了来自南方的出版达人——策划人兼"90后"人气作家悟澹(李彬)。年纪轻轻,便在岭南的文学界、出版界、佛教界小有名气,令人刮目相看的是,他的作品和主编的丛书都很有卖点并获奖,主编过的杂志发行量高达5万多册,竟付得起不薄的稿酬。数年前,他慕名来到江南水乡,采访湖州市佛教协会会长慈满大和尚,却被大和尚的一番话语深情打动。至于采访者和被采访者之间,究竟发生了怎样的人生交集不得而知,结果是:悟澹法师发愿为江南这块历代文人辈出之地,主编当代湖州作家"经典美文系列"丛书,让湖州作家抱团走出湖州、宣传湖州,而他,也因此留在了湖州仁皇山脚下的仁王护国禅寺,成了常住法师。没有悟澹法师的精心策划和师妹仁和、仁嘉的极力推荐,以我的个性,恐怕短时间内难圆此梦。

缘分,就这样正能量地蔓延到我的面前,温暖如春。

后　记

签约画家木子，也是助我一臂之人，和所有一起奋进、助力的文友一样，仅说"谢谢"是不够的。我启齿后，他立马放下姿态，满口承诺：愿为我的随笔集专门插画。我满心欢喜！仿佛是一种宿命般的缘分，只因我们是发小又都是"50后"猴子（生肖"猴"）？

不仅仅是！

想必是缘于知根知底的认同：不管是职业画家还是业余作家，深知文学艺术创作的不易，能助力时当鼎力。

一直喜欢木子的油画，就想借此多说几句。数年前，听说他被签约到80岁，感慨万千，祝贺之余有感而发："画家是怎样炼成的"，内心极其佩服，深感每一位文学艺术家在成功之前，其经历都是超凡的！

在此，特想为他的作品添墨一笔。业内专家评论：木子的油画以色彩丰富、浓烈见长，中国画浓墨重彩，比之传统的中国山水画，带有更多的实验色彩和特殊的审美角度，风格狂放，富于变幻……而我所知，一生只有颜色的木子，作为一位职业画家，其油画作品先后在中国美术馆、上海美术馆及中国港台地区展出，深受收藏家和美术爱好者的追捧，在各大画展及拍卖会上得到高度评价。他早年编著的《拜师画匠丛书》(三册)——《毕沙罗》《莫奈》《西斯莱》,由浙江人民美术出版社出版发行;《美术院校高考过关临本:色彩风景》,由西泠印社出版发行,一度成为美术高考生的参考教材。

这样一位签约画家,能为我的美文无偿插画,令我对他的感激之情溢于言表。

所有在书中出现或未出现的亲朋好友,阅读或推荐此书的名人大咖和文学爱好者,我对你们的感激之情也溢于言表。

(2018 年 4 月 15 日写于湖州竹翠园　马红云)